DE LA MÊME AUTRICE

Aux Éditions Gallimard

LES CHAMBRES DU SUD, *roman*, 1981.

LE PREMIER PAS D'AMANTE, *roman*, 1983.

LE COIN DU VOILE, *roman*, 1996 (Folio, *n° 3104*).

LA FEMME DU PREMIER MINISTRE, *roman*, 1998 (Folio, *n° 3403*).

LE MOBILIER NATIONAL, *roman*, 2001 (Folio, *n° 3665*).

LE 31 DU MOIS D'AOÛT, *roman*, 2003 (Folio, *n° 4152*).

VOUS N'ÉCRIVEZ PLUS ?, *nouvelles*, 2006.

AU BON ROMAN, *roman*, 2009 (Folio, *n° 5074*).

LA TERRE AVAIT SÉCHÉ, *récit*, 2010.

LES AMANDES AMÈRES, *roman*, 2011 (Folio, *n° 5535*).

LA GRANDE ARCHE, *roman*, 2016 (Folio, *n° 6343*).

NUIT SUR LA NEIGE, *roman*, 2018 (Folio, *n° 6753*).

Aux Éditions Albin Michel

LA RÉVOLUTION DU TEMPS CHOISI, en collaboration avec Jean-Baptiste de Foucauld et le club échange et Projets, 1980.

Aux Éditions du Seuil

18 H 35 : GRAND BONHEUR, *roman*, 1991.

UN FRÈRE, *roman*, 1994.

Aux Éditions Huguette Bouchardeau

MONSEIGNEUR DE TRÈS-HAUT SUIVI DE LA TERRE DES FOLLES, *théâtre*, 2003.

Aux Éditions Salvator

UN CANAPÉ SUR LE TROTTOIR, *chroniques*, 2018.

LE SECRET DE SYBIL

LAURENCE COSSÉ

LE SECRET DE SYBIL

roman

nrf

GALLIMARD

I

SYBIL

I

De dix à quatorze ans, j'ai connu l'amour. Je ne le savais pas, j'aurais dit qu'il s'agissait d'amitié. J'ai fait le rapprochement bien plus tard, après m'être essayée à ce qu'il est convenu d'appeler amour : ce que j'avais connu à dix ans n'était pas d'une autre nature. À ceci près qu'il n'entrait dans la joie d'alors ni saisons ni brouillards, ce qui est rarement le cas entre adultes. C'est la sécurité affective dont j'ai le souvenir, la sécurité absolue nous baignant comme une mer chaude qui me fait appeler amour ce que nous avons partagé, Sybil et moi. Nous vivions là un privilège, une grâce que je ne pensais pas en ces termes mais dont toutes les fibres de mon être étaient sûres.

C'était sa chevelure que l'on voyait d'abord. Le mot n'est pas de trop, en l'espèce. Elle n'avait pas des cheveux, comme tout le monde, elle était coiffée d'une chevelure. Pourtant, en classe, où je la rencontrai, jamais elle ne la portait dénouée. Sa mère y veillait. Elle avait deux énormes tresses dans le dos, luisantes, d'un brun chaud, qui lui auraient battu les cuisses si elles n'avaient été repliées sur elles-mêmes de façon à former deux boucles, deux lourdes pendeloques mordorées. J'avais lu tous les contes, les images affluaient, des fourrures, des toques, des écheveaux de soie, des turbans. Je ne crois pas avoir jamais éprouvé de l'envie devant cette foison, je me souviens d'un émerveillement indissociable de la joie. Il y avait là quelque chose d'exceptionnel et de somptueux, un don, une élection, une féerie.

Nous savions toutes, dans la classe, que cette cape de cheveux lui tombait aux genoux. Cela devait faire partie des questions usuelles : Jusqu'où ils descendent? Car aucune de nous ne les avait vus libres. Les filles de dix ou onze ans que nous étions s'évaluaient entre elles en fonction des cheveux, pour une raison simple : nous ne savions distinguer que celui-là, des attraits physiques. Peut-être que des femmes laides se rappellent, enfants, avoir été objets d'admiration pour des boucles épaisses ou d'un blond tendre.

Les filles touchaient les cheveux qu'elles trouvaient beaux chez une autre. Elles les soulevaient, les faisaient jouer, les sentaient, elles se les enroulaient autour du poing. C'était bien la seule partie du corps d'autrui que nous pouvions explorer sans nous faire reprendre.

Je n'ai jamais touché les cheveux de Sybil, moi qui ai dû les regarder autant voire plus que les autres. Jamais vus défaits, ni être tressés. Et pourtant j'ai passé des vacances avec elle, nous partagions la même chambre, nous allions à la plage. Elle devait dormir les cheveux nattés, comme les femmes autrefois, du temps où, de leur vie, elles ne se coupaient pas les cheveux, et nager sans défaire ses tresses, ni dans l'eau ni après pour les faire sécher. Et quand sa mère la coiffait, c'était à l'écart des regards.

Il y avait une autre raison à ma retenue. Dans ma famille, nous étions priées, nous, les filles, de ne pas toucher, ni nos propres cheveux, ni surtout ceux des autres. On disait « ne pas tripoter ».

Je pense cheveux, Sybil, acajou, bai, chevaux. Crinière, animal, frisson, fauve.

Tous les matins sa mère démêlait cette masse vive, la lissait, la tressait, l'attachait. Cela devait lui prendre au moins vingt minutes. Sybil lisait-elle pendant ce temps-là ? Elle n'aurait jamais pu se coiffer seule, ses cheveux étaient trop épais, trop lourds.

J'imagine sa mère émue de cet amour particulier aux mères qui leur fait vivre comme une faveur ce qui apparaîtrait à d'autres comme une corvée. Ce rite du matin ne pouvait pas la laisser détachée. Madame D. ne coiffait pas Chloé, son autre fille, qui débrouillait seule d'un coup de peigne ses baguettes châtains, mi-longues. Elle-même avait les cheveux coupés court.

Brassant à pleines mains cette draperie, ce velours, comment n'aurait-elle pas été saisie par un désir de gloire pour l'enfant d'exception qui lui avait été confiée, ne ressemblant ni à père ni à mère et destinée à l'évidence à un destin hors du commun ?

Sybil avait par ailleurs des yeux en amande, un peu bridés, qui amenaient souvent les élèves à lui demander si elle n'était pas chinoise, sans tenir compte du vert de ses yeux ni de sa grande taille.

J'ai évoqué d'abord sa chevelure pour des raisons chronologiques. Quand on voyait Sybil pour la première fois, on ne voyait que cette exubérance. Des gens qui ne connaissaient pas son nom mais qui la croisaient quelquefois, dans la rue par exemple, devaient parler de la petite fille aux énormes tresses. C'était ne voir qu'un phénomène en elle, alors que cette singularité devenait vite insignifiante pour ceux qui la côtoyaient tous les jours.

À vrai dire, ces données physiques ne comptaient pas pour moi ces années-là. Passé l'étonnement du premier jour, si je savais ce que sa chevelure avait d'extraordinaire, je ne trouvais pas que Sybil fût particulièrement belle – et cela n'avait pas non plus d'importance. Notre amitié était intellectuelle. Je ne crois pas que le mot soit inadéquat à propos de petites adolescentes. Autant notre entente fut immédiate, autant dès les premiers mots échangés il fut flagrant et pour elle et pour moi que c'étaient nos esprits qui se plaisaient et qui se liaient l'un à l'autre.

Elle et moi, pendant des années, jour après jour nous avons parlé. Le cœur de notre amitié était là. Nous parlions avec délice, des heures. Je n'ai pas souvenir que nous nous soyons heurtées une seule fois, ni qu'il y ait jamais eu de tension entre nous, que l'une – elle ou moi – ait cherché à prendre le pas sur l'autre, l'ait contredite sans sourire ou lui ait coupé la parole.

Des filles de dix ou douze ans savent donc ce qu'écouter veut dire, s'écouter ? Savent qu'aimer commence là ?

Nous avions un bonheur intense à parler, à être ensemble et à parler, à nous retrouver en sachant que nous ne ferions rien d'autre.

Nous passions les récréations à parler. Sortant de classe, nous parlions sur le trajet dans un parfait oubli du temps si bien que, arrivées chez elle, ne voulant pas nous interrompre nous poursuivions ensemble jusqu'à ma porte. Mais là, nous n'avions pas fini et nous repartions jusqu'à la maison de meulière des D. Je te raccompagne, tu me raccompagnes. Passe et repasse la navette et la trame étoffe la chaîne.

Qu'avons-nous pu nous dire, tant d'heures, pendant des années ? Je n'en sais plus rien. De quoi parlent les enfants que l'on voit par deux, revenant de classe ?

Sans doute parlions-nous de notre quotidien, de l'école, des professeurs, des filles de la classe, d'un incident ayant brusqué la routine scolaire. Peut-être nous inquiétions-nous d'un devoir à rendre. Ou étions-nous électrisées par un sujet. Nous n'étions pas rivales mais nous avions toutes les deux le désir d'exceller. Je ne crois pas avoir jamais voulu la coiffer au poteau, ni m'être réjouie quand c'était le cas. Je me souviens par contre de notre joie commune le jour d'un contrôle de poésie – nous disions *récitation* – où nous avions eu vingt sur vingt l'une et l'autre. Joie commune, je veux dire même joie, joie d'être distinguées ensemble et joie d'être ex aequo. Sans doute aussi joie qu'il n'y ait que deux vingt dans la classe et que nous soyons ces deux-là.

J'imagine que nous parlions de livres car elle et moi étions grandes lectrices. Qui aurait soupçonné, entrouvrant la porte – peut-être étonné du silence – et nous voyant, assises dans la même chambre, l'une dans un fauteuil et l'autre sur le lit, plongée chacune dans un livre, que nous vivions l'accord parfait ?

Pour moi, c'était une évidence, lire était mon nom, mon lieu de naissance, ma vocation, mon destin. Tout le reste, l'étude, la compagnie de tiers qui n'étaient pas Sybil, la vie de famille, le sport – ce passe-temps absurde auquel mon père, pourtant si raffiné, attachait une importance incompréhensible, et qui faisait hurler mes frères de plaisir –, tout cela m'ennuyait.

Je lisais et j'aimais Sybil qui aimait lire autant que moi et à côté de moi.

Depuis longtemps, rentrée à la maison, j'avais pris l'habitude de ne pas traîner. Nous étions, chez nous, les enfants, laissés libres de notre temps jusqu'au dîner. Je faisais mes devoirs à toute allure. Alors seulement, je goûtais – les autres étaient dehors, à taper dans des balles ou à sauter des obstacles à vélo. Après quoi je lisais. Je plongeais dans les livres comme d'autres filent par la fenêtre et s'en vont dans les bois, ou dévalent jusqu'à la mer en déboutonnant leur chemise.

Madame D. emmenait ses filles à l'école en voiture et les y reprenait souvent à midi et le soir. Elle était la seule. Elle se garait cinq minutes à l'avance, au carrefour le plus proche de Sainte-Minime, toujours au même endroit, sur un petit parking où sa voiture aussi était la seule : c'est dire si elle faisait exception parmi les mères. Ses filles la retrouvaient là.

Aujourd'hui il y a des embouteillages à la sortie des classes. Les enfants, à l'époque, pouvaient marcher plusieurs kilomètres par jour. Ma mère, qui conduisait avec maestria un grand break familial, n'aurait pas imaginé nous emmener en classe en voiture. Mes frères y allaient à vélo et nous, les filles, à pied – chaperonnant une demi-douzaine de petits voisins comme, avant sept ou huit ans, nous l'avions été par des *grandes* qui nous houspillaient et que nous détestions.

2

Les enfants D. étaient bien habillés, bien chaussés, très nets, très soignés. En train, Sybil était priée de mettre des gants blancs. (Des gants, je comprends, disait ma mère, à qui cela ne serait pas venu à l'idée, mais blancs...)

Nous autres, nous étions habillés, sans plus. Les petits mettaient les vêtements qu'avaient portés les grands. On nous briquait à l'occasion, un baptême, ou une visite, mais le reste du temps nos souliers n'étaient pas cirés chaque jour, et un bouton pouvait manquer à un manteau deux ou trois semaines. C'était sans importance, chez nous.

Notre mère, du reste, était élégante, tous les jours élégante, sans jamais être pomponnée. Toujours en robe, souvent en brun. J'ai vu et adoré le New Look sur elle. Et je vois encore la gabardine beige de mon père, doublée de tweed, longue, dans laquelle il avait beaucoup d'allure. Voilà ce qui comptait pour mes parents, le chic – pour les adultes. Les enfants avaient bien le temps.

Les filles, nous étions en uniforme bleu marine six jours sur sept. Pour mes sœurs et pour moi, c'était une bénédiction. La question ne se posait pas de savoir le matin ce qu'on allait mettre.

Jamais nous n'étions consultées sur notre habillement. Jusque vers quatorze ou quinze ans, jamais nous ne sommes allées dans une boutique, sinon pour essayer des chaussures. On nous donnait ce qu'il fallait, tout ce qu'il fallait, nous disait-on. Nous nous en accommodions très bien. Il arrivait que nous prenions en grippe une robe ou une veste, et nous pouvions la cacher dans un coin, mais c'est qu'elle grattait.

Il en était de même, je crois, dans toutes les familles nombreuses – un mode de vie qui n'existe plus aujourd'hui. Règne du collectif, frugalité sans ascétisme, rien de trop dans l'attention portée par les adultes aux sensibilités individuelles.

Rares étaient les enfants qui s'autorisaient à se dire qu'ils n'étaient pas heureux de ce régime. Un de mes cousins le pensait si bien qu'il avait pris le risque de le faire savoir – oh, indirectement. Dans sa fratrie de huit, il était le numéro quatre, comme disaient les mères sans excès de délicatesse. Et il avait six ou sept ans. Après une grand-messe où il s'était fait expliquer qui était le monsieur en habits dorés dont on baisait la grosse bague, il avait déclaré qu'il voulait être évêque quand il serait grand, et donné ses raisons : « Il est beau, il est riche et il a pas d'enfants. »

Nous habitions aux portes de Paris une petite ville sans intérêt, hormis ses jardins. Mon père trouvait que la meulière était le pire des matériaux et donnait des maisons hideuses, les petites comme les grosses. Les prix qu'atteignent aujourd'hui ces «horribles bicoques», comme il les appelait, le méduseraient. Il a passé quinze ans à chercher, dans cette commune et autour, la maison blanche de ses rêves. Nous en avons visité des dizaines. Nous, les enfants, quand nous étions de la visite, nous adoptions immédiatement la maison. Mais lui était toujours arrêté par une insuffisance, une imperfection, un défaut de proportions. Les maisons qui lui auraient plu n'arrivaient pas sur le marché : elles étaient vendues de gré à gré, quand elles l'étaient, car dans l'ensemble elles ne sortaient pas d'une seule et même famille.

Nous savions que nous ne resterions pas dans notre appartement. J'aimais bien cela – le seul fait d'une perspective.

Les D. adoraient leur pavillon de meulière. Leur contentement me troublait, non qu'il me fît prendre de la distance, au contraire, en me rapprochant d'eux à travers une découverte : il y avait donc des gens qui aimaient ces maisons rocailleuses.

Il faut dire que jamais chez nous je n'ai entendu un mot négatif sur cette maison-là. J'avais une amie : jamais on n'a eu devant moi un propos critique la concernant, elle ou les siens, ou leur façon d'être, ni même une réserve.

L'intérieur – dont mon père aurait dit qu'il n'avait «aucune gueule» s'il s'était agi d'une autre maison, une de celles, par exemple, que nous visitions avec lui – me frappait par ce qu'il avait de léché, d'ordonné. Si je le revoyais – et je le revois – je dirais que le mobilier y était banal et sans intérêt. À vrai dire, je penserais «petit-bourgeois». Je vois beaucoup de bleu, un escalier de bois, des lambris marron tirant sur le jaune.

Il y avait une notion qui nous était tout à fait étrangère, celle du confort d'un ameublement. Nous savions ce qu'étaient une voiture confortable, un manteau confortable, à la rigueur un fauteuil confortable – oncle Philippe avait dans son bureau deux gros fauteuils de cuir dont j'avais entendu dire qu'ils étaient d'un grand confort. Mais, dans l'appréciation d'un meuble, ce critère n'entrait pas en ligne de compte, sinon quelquefois chez ma mère qui prenait la défense de ces fauteuils club dont elle savait qu'il n'y en aurait jamais chez elle. «Il faut quand même reconnaître qu'on y est incroyablement bien», disait-elle avec une espèce de rire dans la voix.

Chez nous, les meubles, les tableaux et beaucoup des objets de notre quotidien étaient passés de main en main. Ils étaient associés à «la grand-mère Perray», à «l'oncle Georges», membres de la famille morts depuis longtemps mais dont certains détails de la personnalité ou la vie nous étaient connus, puisque nous dormions dans leur lit («très petite») ou mangions dans leurs assiettes («détestait le vert»). À partir de six ou sept ans, en général à l'occasion d'une cérémonie religieuse, leur première communion, leur confirmation, les enfants se faisaient offrir par de vieux parents, tout à fait vifs, ceux-là, qui une timbale gravée du prénom du donateur, lequel l'avait reçue lui-même à son baptême, des siècles plus tôt, qui un livre dont la couverture sculptée avait l'air en bois noir – un missel, ou une *Imitation de Jésus-Christ* –, dédicacé une deuxième fois au-dessus d'une première dédicace, elle-même calligraphiée dans une anglaise à l'encre violette d'une régularité fascinante.

Le samedi après-midi, mon père demandait à la cantonade qui voulait bien l'accompagner à l'hôtel Drouot, et quand l'un de nous se portait volontaire, il le prenait comme une marque d'affection. Il n'était ni débonnaire ni placide et je l'admire de n'avoir jamais mis à l'abri de sa progéniture ces objets par nature fragiles qui représentaient tant pour lui, ni bridé notre liberté d'aller et courir sans entraves à la maison. « Tout se répare », disait-il.

En effet nous allions de temps en temps avec notre mère porter une carafe ou récupérer une applique dans un quartier très sale de Paris qu'elle appelait le Marais, où étaient concentrés les restaurateurs de cristal, d'ivoire, de dorure, tous mots qui faisaient mes délices et laissaient entendre que les adultes aussi goûtaient les contes et les légendes.

C'est que mon père n'était pas collectionneur. Il aimait s'entourer d'objets qui le rendaient heureux et qui avaient pour lui une valeur d'usage aussi grande, et sans doute plus, que leur valeur marchande.

Nous, les enfants, ne faisions pas de cas particulier de cet environnement, puisque c'était aussi celui de nos grands-parents ou de nos cousins. Nous nous en fichions, pour tout dire. Mais j'étais émue de l'attention qui se lisait sur le visage de mon père quand il s'approchait d'un tableau et le regardait, chez nous ou chez des proches.

La plus sévère de mes grands-mères m'a un jour

rabrouée pour mon incompétence en matière artistique. Elle venait de m'offrir un livre et, l'ouvrant devant moi, m'avait fait remarquer la qualité des illustrations. C'était la semaine où je découvrais le «papier décalque» et qu'il permettait non seulement de copier, mais de reproduire, quand on le retournait pour repasser sur le trait et l'imprimer, en quelque sorte. Aussi, en réponse à l'observation de ma grand-mère sur le chic des dessins, hasardai-je : «Oui, ils doivent être durs à décalquer. — Cela n'a rien à voir», rétorqua-t-elle sans prendre la peine de m'expliquer à quoi *cela* tenait, explication du reste difficile et dont je doute qu'elle eût été capable de me la donner.

Les chambres des enfants étaient meublées sommairement. Dans celle que je partageais avec ma sœur Claire – aucun de nous n'avait sa propre chambre – il y avait deux lits, une armoire, et un bureau double sur lequel nous faisions nos devoirs face à face, tous meubles solides et sans grâce. Il y avait aussi une étagère au mur où nous mettions nos livres, un coffre à jouets et, à la tête de chacun des lits, un bénitier de céramique dans le genre des Della Robbia qui n'avait du reste aucune fonction, sinon sans doute d'être accroché au-dessus de nos fronts lorsque nous dormions. Claire avait transformé en secret le sien en garde-manger. Elle y entreposait les caramels et les biscuits que son appétit d'oiseau l'empêchait d'avaler d'une bouchée comme les garçons qui, longtemps, sont restés sans connaître cette cachette, eux qui pourtant avaient éventé un secret autrement important et trouvé le tiroir où notre père cachait son pistolet militaire et, imprudence étonnante de la part d'un père de famille nombreuse, la boîte de balles associée.

Nous n'avons pas eu d'argent de poche avant quinze ou seize ans. Je pensais que nous étions fauchés – normalement fauchés.

Les enfants D. avaient chacun leur chambre. J'ai passé des heures avec Sybil dans la sienne, où tous les tissus étaient bleus, d'un bleu soutenu un peu sombre. Une chose m'émerveillait dans cette pièce. Sybil avait une *coiffeuse*, un de ces meubles d'élégante que j'ai retrouvés par la suite dans les films américains des années 50. Il s'agissait d'une petite table juponnée, bleue aussi, surmontée d'un miroir et sur laquelle étaient posés des flacons, des brosses, des peignes et autres objets personnels qui me semblaient beaucoup plus précieux que les chandeliers ou les porcelaines de chez nous. Car nous, qui nous succédions, et plus souvent nous marchions sur les pieds dans la salle de bains commune, nous n'avions, je crois, qu'une brosse à cheveux et un peigne, indifférenciés, ce qui me convenait très bien jusqu'au jour où, observant la coiffeuse de Sybil, je compris que ce n'était pas d'un grand raffinement.

Notre style souffrait de la comparaison – pourtant j'avais conscience qu'il *avait quelque chose*, dans son genre : mais je ne savais pas en quoi ce genre consistait.

Plus que les vieilles choses aimées de mes parents, je voyais dans notre maison l'agitation, le désordre, une indifférence à l'exactitude horaire – qui me rendait malade car, personnellement, je ne supportais pas d'être en retard –, un parti pris brouillon que je trouvais beaucoup moins habitable que l'ordre qui régnait chez les D. Ou c'était le style de ma mère qui me gênait, comparé à celui de madame D.

Un jour où Claire et moi avions été invitées à un goûter, en guise de cadeau pour l'enfant dont on fêtait l'anniversaire notre mère nous avait remis un bonhomme, dans du papier de soie, dont nous avions compris aussitôt qu'il allait détonner. Ce bonhomme était fait de fruits secs, des figues et des abricots pour le corps et la tête, des pruneaux pour les pieds, des raisins de Corinthe pour les yeux. Notre mère l'avait rapporté d'une vente de charité, enchantée de son chic. « Un chic fou » : nous avions entendu cent fois la formule, nous savions qu'elle signifiait *différent*. Ça n'avait pas manqué, les cadeaux des autres étaient tous des livres, ou des jeux, dans un vrai paquet, avec l'étiquette d'un magasin.

Oui, chez les D. tout était net, la maison impeccablement tenue, les trois enfants tirés à quatre épingles, mais aussi les vues et les phrases de madame D., qui me posait des questions avec un intérêt non feint et qui savait reprendre mes réponses vagues en les clarifiant et sans m'humilier – j'ignorais que cela s'appelait l'intelligence.

3

Madame D. travaillait, à temps partiel, me semble-t-il. Je prends conscience aujourd'hui qu'elle était la seule à avoir un métier de toutes les mères de famille autour de nous, exception faite de deux ou trois veuves chargées d'enfants et dont le courage faisait l'admiration générale. Elle avait une responsabilité dans l'administration de services sociaux – était-ce dans la formation des assistantes sociales ? Elle-même avait exercé cette dernière activité, et sans doute ensuite était montée en grade.

Une bonne tenait la maison D., Annie. Une fille blonde et frisée, un peu grasse, à qui j'associe les mots « de toute confiance » (expression qui bien sûr n'était pas de moi). Cela n'avait rien d'extraordinaire. Dans les années 60, toutes les familles plus ou moins bourgeoises, y compris celles qui l'étaient à peine, ces familles où les mères ne travaillaient pas, avaient ce que l'on commençait à ne plus appeler une bonne. Les salaires n'allaient pas loin – les accords de Grenelle ont été signés des années plus tard. La durée du travail était de quarante-cinq heures par semaine. C'est plus qu'il n'en faut pour tenir une maison de cinq personnes au train de vie très raisonnable. Les enfants D. n'ont jamais dû faire leur lit le matin.

La cuisine était au sous-sol de la maison. C'est là que je voyais Annie, quand nous allions y goûter, Sybil et moi. Sa chambre devait être à côté, au même niveau. Sybil me dit qu'elle était membre de la JOC et m'apprit ce que signifiaient ces trois lettres. Je ne sais plus si elle commenta cette particularité d'Annie. J'ignorais tout et du monde ouvrier, et de la vie associative, et de l'Action catholique.

Qu'est-elle devenue, Annie ? Si elle vit toujours, c'est aujourd'hui une très vieille dame. Je la voyais comme un adulte, autrement dit sans âge. Avait-elle vingt-cinq ans ? Trente ans ? S'est-elle mariée ? A-t-elle eu un autre métier ? Pour la plupart, ces petites bonnes venaient de la campagne.

Une amie de ma mère s'était émue en découvrant le logement de sa propre employée, qui la quittait le soir car elle vivait en famille. La jeune femme et son mari, et leurs trois très petits enfants, habitaient deux pièces vétustes avec pour tout point d'eau un évier de pierre.

Cette histoire m'avait frappée car Jeanine – c'était son nom – n'avait pas compris la sollicitude de sa patronne. Pour elle, vivre en ville, avec l'eau courante, était le paradis – le mot était le sien. Elle avait passé sa jeunesse en Bretagne, dans une ferme dont elle ne disait pas qu'elle était misérable mais où, racontait-elle, la jeune fille de la maison était, de tous, celle qui trimait le plus, la première levée pour préparer le repas du matin – celle qui allait chercher l'eau dehors –, la dernière couchée après avoir fait la vaisselle et remis la cuisine en ordre, avec des journées de quinze heures, sept jours sur sept, douze mois sur douze. Jeanine se félicitait d'avoir épousé un OS chez Renault qui l'avait emmenée à cent lieues de la ferme paternelle.

Sa mère donnait à Sybil des surnoms, des noms doux, Si-Belle, Sissi, Bichette, et celui qui me faisait rêver, Ma Sybil. Son sourire en disant ces mots, un sourire de femme comblée. On ne nous appelait que par nos beaux prénoms classiques. Mes parents trouvaient les surnoms bêtas. Et «Ma petite chérie», ce n'était pas le genre de ma mère.

Nous étions aimés, pas chéris comme était Sybil. Question de style. Et de degré, bien sûr, soyons honnête.

J'ai noyé mes propres enfants sous les mots doux. Ils ont diversement réagi. Un des garçons, un jour que je lui disais «Mon cher» – il avait à peu près quatre ans –, est devenu tout pâle : «D'habitude tu dis "Mon chéri".» Je l'ai pris dans mes bras. Un autre de mes fils, lui – vers huit ou neuf ans –, m'a reprise : «Ça ne t'ennuierait pas de m'appeler par mon prénom?»

Je n'ai parlé que de la mère de Sybil, et pas de son père. Madame D. n'avait pourtant rien d'écrasant. Elle était trop intelligente pour imposer son point de vue, trop fine pour laisser paraître ce que sans doute elle avait d'autoritaire. Et puis, physiquement, c'était un tout petit modèle, vive et jolie, très brune, avec un sourire éclatant.

À première vue, rien ne distinguait monsieur D. des autres pères que je pouvais croiser. Aux heures où je me trouvais chez les D., il n'était pas là. Il ne revenait que le soir. Mais aucun père autour de nous n'était à la maison dans la journée. Les pères, quand on les voyait, c'était le soir, le samedi et le dimanche.

Je me demande combien de temps il m'a fallu pour m'en apercevoir : monsieur D. ne parlait pas. J'ai pris un certain nombre de repas chez les D. À table, il ne disait rien. Il était aimable et muet. Il ne se mêlait pas à la conversation. Je ne me souviens pas d'avoir trouvé cela pesant, ni d'avoir questionné Sybil. Ce n'était pas quelqu'un d'intimidant. Je devais lui dire « Bonjour, monsieur » quand je le voyais, sans un mot de plus, il devait me répondre « Bonjour, Laurence » et en rester là.

Il était bien de sa personne, traits réguliers, taille moyenne. Il dirigeait une petite entreprise, dans le secteur de l'industrie légère ou de la mécanique.

Il avait sa voiture, comme sa femme avait la sienne. Deux autos pour un couple, ce n'était pas courant, à l'époque. Un filleul de ma mère en avait eu confirmation à ses dépens aux États-Unis, pendant un séjour linguistique. Un jour où probablement on l'interrogeait, il avait dit qu'on se servait de deux voitures dans sa famille, son père de l'une et ses trois sœurs aînées de l'autre. Personne n'avait pu le croire. Pour les Américains ces années-là, il était impossible qu'un foyer français eût deux voitures.

Monsieur D. et mon père devaient se connaître, au moins de vue. Mais ils n'avaient pas d'activités en commun, pas de raisons de se rencontrer.

Alors que madame D. et ma mère se connaissaient presque bien, à la façon qu'ont ou plutôt qu'avaient de se connaître les mères d'enfants du même âge scolarisés aux mêmes endroits. Madame D. avait huit ou dix ans de plus que ma mère, qui s'était mariée à dix-huit ans. Elle m'en disait du bien. Elle admirait son allant, sa gaieté. Une année – je sais précisément à quelle date – la fête du collège avait lieu comme d'habitude le dernier dimanche de juin. Ma mère était enceinte de neuf mois et, à ceux qui lui posaient la question, elle répondait en riant : « C'est imminent. » Ma plus jeune sœur est née le soir même. Madame D. me dit quelque chose comme « Formidable, votre maman ».

Car j'avais beau avoir onze ans, la mère de mon amie de cœur me vouvoyait. Et ma mère vouvoyait Sybil, et les amis de ses enfants sans exception. Années 60.

Les D. étaient bien plus sérieux que mes parents dans l'éducation de leurs enfants, plus ambitieux, plus élitistes – si l'élitisme et l'ambition sont sérieux. J'y reviendrai. Avoir fait terminer sa scolarité à Sybil dans le meilleur lycée pour filles qui pût se trouver à Paris ces années-là n'a pas été pour rien dans son naufrage et a largement contribué à l'éloigner de moi.

Meilleur lycée, meilleur cours de tennis, meilleures marques de vêtements. Meilleur dictionnaire de latin l'année de quatrième où le choix fut laissé aux parents de nous acheter soit le gros Gaffiot, soit un autre deux fois plus mince et deux fois moins cher – Sybil eut le Gaffiot, moi l'autre.

Meilleur missel sous le rapport de son image sociale. Pour notre communion solennelle – nous étions, je crois, en cinquième – il fut prescrit de nous offrir un missel d'adulte, que nous pourrions garder notre vie entière. On disait encore un livre de messe. Là aussi, le collège en conseillait deux. Ma mère choisit le *Missel biblique de tous les jours* pour des raisons qu'elle garda pour elle et qui m'étaient indifférentes. J'étais impressionnée par ce gros livre en papier bible, doré sur tranche d'un or pâle un peu gris, avec des rubans marque-pages de soie rouge, et lourd de versets somptueux, psaumes, proverbes, épîtres, litanies, rituels, que depuis ma toute petite enfance, depuis les messes où nous ne devions pas dire un mot, j'avais été formée à tenir pour vénérables mais en lesquels, à présent que je pouvais les lire seule, en silence et pour le plaisir, je commençais à percevoir une autre puissance, leur musique, leur poésie.

J'entends encore ce que me dit Sybil quand je lui fis part du choix de ma mère : «Maman a choisi l'autre, celui de Mame. Elle n'aurait jamais pris le tien. Les Éditions ouvrières, ça lui fait trop penser à Annie.»

J'ai toujours ce missel, qui en effet était coédité par les Éditions Tardy, l'Action catholique rurale et les Éditions ouvrières. Parcourant sa préface pour la première fois de ma vie, je vois qu'il a été conçu «*pour l'auditoire paroissial souvent peu cultivé des paroisses populaires, urbaines et rurales*», et que «*cela a commandé l'usage de phrases brèves et d'un vocabulaire concret*». Ma mère non plus, je suppose, n'avait pas lu cette préface avant de choisir ce missel. Mais peut-être que je me trompe et qu'elle a pensé bon de mettre entre les mains de la gamine que j'étais un ouvrage écrit simplement. Ce dont je suis sûre, en revanche, c'est que ni la JAC ni la JOC, ni les Éditions ouvrières ne lui donnaient de l'urticaire, surtout au titre d'éditeurs de livres de piété.

Ces détails dont ma mère m'aurait dit qu'ils n'avaient aucune importance si je m'étais confiée à elle – elle avait un « Penses-tu ! » qui balayait pas mal de tourments –, je les enregistrais à douze ans puisque je m'en souviens. Je découvrais que oui, ils étaient significatifs, dès lors qu'ils révélaient des distinctions sociales et informaient, si minuscules fussent-ils, sur l'ordre autrement vaste de la vie adulte, du monde. Ils n'auraient pas compté pour moi – chez nous, il n'en était jamais explicitement question – si je n'avais pas redouté qu'ils n'assombrissent le regard que Sybil portait sur moi.

Mon missel est celui des bonnes. Chez les gens comme il faut, chaque enfant a son peigne et sa brosse. Elle va me regarder de haut. Et sa mère, sa mère qui voit tout et sait si bien faire la différence entre ce qui est bien et ce qui ne va pas, sa mère qui apprend à Sybil à distinguer ces choses au premier coup d'œil, sa mère a vu depuis longtemps en quoi je ne suis pas au niveau.

Jamais, à nous, on ne disait « Ça, non, ce n'est pas distingué ». Jamais on n'employait l'expression « Ce n'est pas de notre milieu ».

Une histoire avait enchanté mon père. Celle-ci, on nous l'a racontée vingt fois. Une cousine, Alix, une grande dans les quinze ans, avait une correspondante anglaise qu'elle avait promenée dans Paris pendant le mois ou les deux mois qu'avait duré son séjour en France. Il se trouve, nous disait-on, que cette jeune Anglaise était apparentée de près à la reine mère. Au cours d'une de ces balades, sans doute longue, et un jour de beau temps, la jeune Anglaise avait eu mal aux pieds, s'était arrêtée sans rien dire, avait retiré ses chaussures, les avait fourrées dans son sac et avait continué pieds nus. Alix lui avait dit : « Dans les bonnes familles françaises, on ne fait pas ça. » L'autre lui avait rétorqué : « Dans les bonnes familles anglaises, on fait ce qu'on veut. »

4

Passé les années du primaire et le début du secondaire, où nous allions dans la plus proche des écoles (catholiques, s'entend), nous avons été mis dans des bahuts moyens, pour ne pas dire médiocres.

Il m'a fallu longtemps pour comprendre que c'était un parti pris chez mes parents. Ils étaient d'accord pour penser qu'il ne fallait pousser ni les enfants ni les adolescents mais qu'il était fondamental de leur épargner la compétition et de leur laisser beaucoup de temps libre, tout en leur donnant une autonomie qui fasse contrepoids à la pression scolaire : une espèce de détachement, une insoumission non théorisée et, à vrai dire, étrangement composite puisque s'y conjuguaient hédonisme et modération, non-conformisme et tradition, esthétisme et christianisme.

Pas d'engrais, de l'air, de la lumière, et nous grandirions en herbes non pas folles mais pas trop peignées. Bon sang ne peut mentir. À la grâce de Dieu.

C'est délibérément que mes sœurs et moi avons été inscrites à l'entrée en seconde dans un lycée de filles qui n'avait pour lui que de se trouver, à Paris, dans un quartier très bien relié à la petite ville où nous vivions. Pour mon père et ma mère, les études comptaient à partir du supérieur. Se mettre trop tôt dans les starting-blocks était sans intérêt, au contraire, cela risquait d'épuiser des énergies mal assurées.

Comment leur donner tort? Surtout si l'on veut bien admettre que c'était là un choix pédagogique. Tant de mesure, l'antique préférence pour l'*aurea mediocritas*, le juste milieu salutaire, allait déjà, dans leur génération, à contre-courant de l'élitisme éducatif ambiant, notamment à Paris.

Il est vrai que, pour mes parents, l'ambition principale était le bonheur. Orphelin de père de naissance, hanté par l'inquiétude et la mélancolie, mon père a cherché chaque jour et toute sa vie l'art de vivre, et il l'a trouvé. Chacun de ses gestes, de ses regards, de ses pensées y œuvrait. Il était d'une extrême attention à tout ce qui avait du charme, de l'allure, de la grâce – il en vivait. Il attirait notre attention sur ces apparitions, on avait l'impression qu'il les faisait surgir. Ma mère avait une telle aptitude au plaisir qu'elle était à l'unisson, par nature – autrement dit pour des raisons tout à fait opposées.

En outre, pour eux deux, les autres n'étaient pas appréciés pour leurs mérites. Dans leurs deux familles, semblables, et d'ailleurs cousines, on respectait la réussite, on admirait les grands entrepreneurs, les grands commis de l'État, les grands soldats, les grands artistes, les grands saints, on n'avait rien contre l'argent, mais on voyait surtout ses nombreux parents, sans exclure personne, même les moins reluisants. On ne cultivait pas ses relations par intérêt. Pour autant on n'avait aucune gêne face aux gens en vue, pas de complexe d'infériorité ni d'envie.

Aucune performance n'était attendue de nous. Je crois même que nous n'étions l'objet d'aucune projection. Nous faisions de la musique, sans visée : ceux qui voulaient jouer d'un instrument en avaient un, ceux que cela n'amusait pas faisaient autre chose. L'aîné de mes frères avait abandonné le piano, puis la balalaïka, puis, vers seize ou dix-sept ans, la musique, lorsqu'il s'était révélé un très bon marin : nous étions tous fiers de lui. Nous connaissions les châteaux d'Île-de-France parce que, le dimanche, notre père aimait visiter l'un d'entre eux et marcher, avant ou après, dans la forêt la plus proche. Sans davantage d'intention, nous allions au Louvre, à Marmottan, à Jacquemart-André, à Drouot – nous ne faisions pas bien la différence, d'autant que notre père, pour soutenir notre attention au musée, nous demandait souvent : « Alors, qu'est-ce qu'on emporte ? Qu'est-ce que tu aimerais voir à la maison ? » Nous avons découvert les belles vieilles villes des Pays-Bas et d'Italie, invariablement en tribu, la famille au sens strict étant par principe agrandie d'une filleule, d'un neveu – nous roulions dans des familiales à trois rangs de sièges où nous étions toujours serrés.

Je jouais du piano. Sybil m'enviait et le disait. Elle aurait voulu faire de la musique.

Pourquoi n'en faisait-elle pas ? Il y avait un piano chez les D., dans l'entrée, au pied de l'escalier (situation caractéristique de l'instrument qui ne sert pas). Apprendre le piano n'aurait pas détonné avec le style de vie des D. Mais peut-être madame D. considérait-elle que ce n'était pas essentiel.

Sybil tapotait sur leur piano, sur le nôtre. Elle se cherchait un art. Elle aurait aimé savoir dessiner, comme Claire qui crayonnait à longueur de journée, enluminant pendant les cours ses buvards, ses cahiers, ses livres de classe.

Vers dix-sept ou dix-huit ans – je l'avais déjà perdue – elle s'est passionnée pour la photographie, qu'elle appelait «l'art des gens qui n'ont pas de talent». Elle avait plusieurs appareils, et passait des heures à développer ses clichés.

Ensuite, elle a rêvé d'écrire. Mais c'était des années plus tard.

Ma mère était familière des *Pensées* de Marc Aurèle. Qui pouvait bien les lui avoir fait lire? Et qu'aimait-elle dans ces aphorismes qui avaient si peu à voir avec elle?

Ses notes intimes font apparaître un Marc Aurèle en proie au doute, tourmenté, travaillant à atteindre une joie intérieure qui n'est pas sa pente. Un homme de devoir, de rigueur, s'entraînant au calme, à la clairvoyance, à la bienveillance, à la rectitude, au souci d'autrui et du bien commun. Un sage, sans illusion, détaché, fataliste – mais non sceptique, consentant au monde, au grand Tout, convaincu de son harmonie.

Ma mère ignorait les émotions négatives, la tristesse ou le regret, la rancœur. Elle était par nature confiante, passionnée, fantaisiste, gourmande – avant tout femme de plaisir. Persuadée d'avoir fait librement ses grands choix de vie, et consciente d'être gâtée par l'existence. Fondamentalement sage, fondamentalement heureuse.

Peut-être, de naissance, était-elle formée à la juste façon de vivre et au consentement à l'Être que Marc Aurèle à son corps défendant a mis des années à apprendre de sa santé fragile et de sa peur de la mort, de sa mélancolie, et d'une somme de souffrances.

C'est son époux, mon père, qui semblait être né de Marc Aurèle – son cousin, le plus beau de ses cousins, son aîné de douze ans, qu'elle aimait et qu'elle admirait.

Le péché grave, pour mon père, la pratique honteuse, l'habitude à ne jamais prendre, c'était le *bachotage*. On n'étudie pas pour réussir un examen, disait-il, ni pour avoir de bonnes notes, on étudie parce que apprendre est passionnant.

S'il avait su… Moi dont jamais personne ne vérifiait les devoirs, à qui jamais on n'a fait réciter une leçon, j'avais une méthode qui l'aurait atterré. J'apprenais tout par cœur. C'est une question d'habitude, très vite on y arrive sans effort. J'avais des notes épatantes et j'oubliais le lendemain de l'interrogation ces savoirs sans racines et quasiment vides de sens. Je bachotais, ni plus ni moins. À ma décharge, je dois dire que c'était à la satisfaction générale ; j'avais acquis une efficacité consternante dans la non-étude, je bâclais mon travail et j'étais en tête de classe. Et j'avais tout mon temps pour lire.

En classe on nous recommandait de nous avancer dans le travail à faire à la maison, et de ne rien garder pour le dernier moment. Les *compositions* rythmaient les trimestres, des devoirs de contrôle, sur table, portant sur le programme de huit ou dix semaines, et nous étions invitées à étaler les révisions sur plusieurs jours. Cela me semblait judicieux. C'est ainsi que j'améliorai ma méthode en y introduisant l'absurde. Je savais que certains chapitres étaient plus faciles à mémoriser que d'autres. Je commençais par les plus simples, de façon à revoir les plus compliqués la veille de l'épreuve. En histoire, par exemple, cette logique m'amenait à ne pas prendre en compte la chronologie, ni les enchaînements qu'elle inclut, et à réviser les chapitres non pas dans l'ordre temporel qui était peu ou prou celui du Malet-Isaac, mais dans une inconséquence totale, avec pour résultat des notes me mettant à l'abri de toute inquisition ou remise en cause, et une inculture durable en la matière.

J'ai regretté à dix-huit ou vingt ans de n'avoir connu de grands professeurs qu'après le baccalauréat, et j'ai bu à grandes goulées leur savoir et leur verve. Aurais-je eu aussi soif si j'avais été gorgée depuis la sixième de bel et bon enseignement ? Si l'on m'avait donné une vraie formation intellectuelle, aurais-je accordé tant de prix à la beauté et à la poésie ? Me serais-je permis d'opter pour la création solitaire, sans souci de succès, sans aucune conscience, en tout cas au commencement, qu'il s'agissait là d'une activité à risque, où la probabilité d'échouer était écrasante, si j'avais été inscrite à douze ans dans la compétition sociale ?

Sur le moment, bien sûr, je n'avais pas cette indulgence pour notre brouet familial. Plus je me familiarisais avec Sybil et sa famille, plus je voyais à quel point ma propre culture était marquée par un flou, une négligence, en un mot un amateurisme qui me faisait trouver, par contraste, infiniment d'attrait à l'exigence et au sérieux de l'éducation chez les D.

5

Chez nous, il y avait les filles et les garçons. Nous nous entendions bien, il n'empêche. Nous n'étions pas intimes. Nous ne lisions pas les mêmes livres, nous ne pratiquions pas les mêmes sports, nous n'aimions pas les mêmes jeux. Quand les garçons ne savaient pas quoi faire – il pleuvait, ou il faisait nuit à six heures –, cela ne manquait pas, l'un disait « On se bat ? » et ils se tombaient dessus.

Nous, les filles, en cercle autour d'eux, nous couinions « Arrêtez ! ». Ils allaient se faire mal. Ils avaient beau nous avoir expliqué que c'était un jeu, nous n'arrivions pas à le croire, nous ne comprenions pas qu'on trouve distrayant de donner des coups et d'en prendre.

Bien avant de savoir ce que signifient genre, sexe, nature ou essence, nous expérimentions à quel point nous étions irréductibles les uns aux autres.

J'ai cru longtemps que j'écrivais sur le pouvoir – bien malgré moi, la première étonnée, car nul ne s'est tenu loin du pouvoir plus que moi. Je me disais que le pouvoir devait me fasciner comme Mammon, ce qui détourne du bien et du beau parce que c'est infiniment jouissif. L'affaire Strauss-Kahn, en faisant remonter en moi cent souvenirs d'humiliations ou de mises à l'écart par des hommes inattentifs, m'a fait comprendre tout à coup que je n'écrivais pas sur le pouvoir mais sur son double, le machisme. Je suis toujours la fille consternée de voir les garçons se taper dessus, la force et la compétition commander la plupart des relations, le pouvoir sur les femmes que les hommes en tirent, le monde qui s'ensuit, le gâchis général.

Je me souviens du calme, chez les D. Il devait y avoir de la moquette dans les chambres. C'était la grande mode dans les années 60.

Pas un instant je n'ai entrevu les boulets que traînaient l'un et l'autre les parents de Sybil, et encore moins les drames à venir dans cette maison.

Ils étaient plus modernes que nous. Monsieur D. avait un hors-bord et, l'été, sur les plages de Noirmoutier, sans se lasser il entraînait ses enfants au ski nautique. Sybil me parlait en fermant les yeux de la griserie, du slalom, des figures qui sont une danse sur l'eau.

Mon père chérissait un petit voilier spartiate et racé à bord duquel nous avons navigué sur les côtes méditerranéennes, entre Collioure et la Sardaigne, avec lui, puis sans lui. Nous mettions un point d'honneur à ne sortir le moteur de secours, un 5 CV hors-bord dont il était obligatoire d'être équipé, qu'en cas d'avarie grave ou de calme plat, et à faire les manœuvres de port à la voile. Et ceux qui nous doublaient en mer, assis et désœuvrés sur le plat-bord d'un *puant*, nous semblaient appartenir à un autre monde que nous imaginions d'un ennui crasse.

À Noirmoutier, l'été, les D. retrouvaient une bande de cousins et d'amis tous les jours à la plage. Madame D., dans son deux-pièces, avait la peau couleur de pain d'épices. Dans le jardin de leur belle maison de village, souvent quelques amies et elle faisaient cercle, au soleil, en maillot de bain, dans des chaises longues. Jamais je n'avais vu cela. Personne ne se mettait en maillot dans les maisons où nous passions nos vacances, fussent-elles au bord de la mer. C'était réservé à la plage, dont on nous avait appris le peu d'intérêt. Des endroits torrides, nous disait-on – il s'agissait des plages provençales –, où rester au soleil plus de cinq minutes était dangereux et, à vrai dire, désagréable. Nous ne descendions au bord de la mer que le temps de nous y baigner, et de préférence le soir, quand il ne s'y trouvait plus personne. Vouloir bronzer était une ineptie : rien de plus flatteur qu'un teint clair, outre que les ultraviolets esquintent la peau. Ma mère et ses trois sœurs se mettaient elles aussi dans des chaises longues, mais toujours à l'ombre. Je les vois, en robe à rayures et sandales blanches, avec leur peau de blonde et leurs boucles. Nous étions déjà quatre enfants lorsque nous avons fêté les trente ans de notre mère. On m'avait chargée d'une brassée de glaïeuls à lui remettre. Mon père lui fit cadeau de *La Femme de trente ans*, de Balzac, en précisant que les temps avaient bien changé depuis l'époque où se passait cette triste histoire. Est-ce un souvenir ou une photo que j'ai en tête ? Elle a le grand bouquet rose et rigide dans un bras, elle est agenouillée à demi de façon à pouvoir tenir ses quatre enfants dans l'autre, elle rit. Ma sœur et moi sommes en bloomer bleu marine, les garçons en short. Les nu-pieds de cuir naturel viennent de chez le cordonnier du village, qui les fait aux mesures.

Les D. étaient dans le coup, nous pas, mais ils avaient des préjugés antédiluviens dont je découvrais l'existence.

Anne-Lucie Schreiber, une des élèves en vue de notre classe, une brune amusante et hardie, très bonne en maths et en dessin, était de l'avis général la crème des filles : quand on se cassait les dents sur un problème à faire à la maison, et qu'on réussissait à lui téléphoner sans se faire entendre des parents, elle ne refusait jamais de donner la solution. Elle aimait lire et, de temps en temps, elle et moi échangions des livres. Je lui dois d'avoir découvert *Gulla, fille de la colline*, qui m'a marquée à vie.

Sybil me dit en confidence : « Maman préfère que je ne la voie pas trop. » Je demandai pourquoi – rares étaient ceux qui résistaient à la gaieté d'Anne-Lucie. « Elle est juive », expliqua Sybil avec un air mystérieux.

Je suppose que je me tus pour lui cacher mon ignorance. « Tu sais bien ! » dit ma mère quand je l'interrogeai. Il y avait des religions différentes, chrétienne, juive, musulmane, hindoue, la religion juive était une des plus anciennes. D'ailleurs Anne-Lucie n'aurait pas été prise à Sainte Minime si elle n'avait pas été baptisée. Des familles d'origine juive étaient devenues chrétiennes, comme des gens d'origine allemande ou grecque étaient devenus français. Je n'ai appris que vers vingt ans qu'il existe des patronymes juifs, ou souvent juifs.

Les différences entre nos cultures familiales creusaient en moi, paradoxalement, un sentiment d'infériorité. Affaire d'assurance, sans doute : les valeurs qui avaient cours chez nous, et dont je vois le bien-fondé maintenant, restaient informulées. Chez les D., on était affirmatif. Et ce qu'il y avait en moi d'incertain et d'anxieux était attiré par la cohérence et la fermeté.

Je percevais ces différences, puisque je les ai en mémoire, mais loin sous nos pieds, dans les eaux profondes de nos vies d'enfants. Elles sont en quelque sorte remontées à la surface et beaucoup plus distinctes aujourd'hui qu'alors. À l'époque elles n'avaient pas d'importance pour moi. Sybil, après tout, n'était pas sa mère. Seul comptait ce qu'il y avait entre elle et moi – ou plutôt avec elle et moi.

6

J'avais douze ans lorsque j'ai été invitée à passer quinze jours en juillet chez eux, à Noirmoutier. Les D. avaient plusieurs familles de cousins – médecins, gens de presse – qui pour rien au monde n'auraient pris des vacances ailleurs que sur l'île. Sybil m'en parlait comme d'un paradis terrestre et je la croyais : je n'avais jamais mis les pieds sur une île atlantique, et le nom de Noirmoutier me paraissait venu d'un conte médiéval, noir et or, et farouche.

Sybil comptait les jours qui nous séparaient de la fin des classes pour une autre raison. Dans les trois ou quatre familles alliées à la sienne et voisines sur l'île, il devait y avoir cet été-là au moins douze enfants de notre âge, disons entre neuf et treize ans, et quelqu'un avait eu l'idée d'organiser la bande en *colo*. Une grande de dix-sept ans s'était proposée pour jouer la *mono*.

Pour commencer nous devions être en uniforme. Chemise Lacoste blanche, m'avait dit Sybil, et short bleu marine, Lacoste aussi. Aucun enfant dans ma tribu n'avait jamais porté de vêtements de marque – je crois que j'entendais le nom Lacoste pour la première fois –, mais je transmis la consigne à ma mère. J'étais un peu inquiète. J'avais toujours été un enfant parmi d'autres dans les maisons où nous passions l'été, en Provence, mais on n'encadrait pas nos jeux, c'est peu dire, les garçons couraient la garrigue, les filles peignaient, faisaient des gâteaux, que sais-je – car on me laissait lire tout mon soûl où je voulais, sur mon lit, dans le magnolia, ou sur le bord du grand bassin, un pied dans l'eau.

Je me rappelle l'arrivée sur l'île comme une triste déception. Je n'imaginais pas qu'il pouvait exister un paysage aussi plat. Les falaises et les criques du Midi, les rochers blancs sous les pins parasols, les allées d'oliviers, les lauriers-roses, qui étaient tout ce que je connaissais, m'apparaissaient en comparaison une féerie.

Il y avait plus difficile. Dès que la *colo* fut formée, je vis que j'étais la seule du groupe à ne pas être habillée comme les autres. Tous étaient en Lacoste, tant la chemise que le short. Et moi, j'avais un polo blanc sans crocodile et un short d'un bleu peu foncé, qui plus est taillé dans un coton flammé sans tenue. Ma mère, à son habitude, n'en avait fait qu'à sa fantaisie et avait dû acheter au marché mon premier short et mon premier polo, bien décidée, sans doute, à ne jamais me refaire porter ces habits de garçon.

Il n'était plus temps d'en changer. Je découvrais du même coup la dimension sociale de l'habillement, la normativité de groupe en la matière et l'humiliation de qui n'obéit pas aux codes.

Il me faut ajouter que tout le monde chez les D. était on ne peut plus gentil avec moi. Je ne me souviens pas d'une remarque sur mon uniforme au rabais, même pas dans la bande des enfants. Il dut y en avoir, pourtant. J'en fus sans doute protégée par ma distraction, ma myopie, et par le mépris pour le conformisme que nous pratiquions en famille et qui, à défaut de rendre insensible, permettait de se rétablir.

Mais il y a des limites à l'acceptation de sa différence. Je m'aperçois en écrivant ces lignes que nous n'avons jamais invité Sybil en vacances à notre tour. Mes parents étaient très hospitaliers, les voitures familiales aussi logeables que les maisons d'été, et je ne vois qu'une explication à ce manquement aux usages élémentaires : j'avais dû faire obstacle à la venue chez nous de Sybil, sous un prétexte ou sous un autre. Car imaginer mon amie si Noirmoutier et si Lacoste dans les maisonnées hors du temps de mes grands-parents – deux couples apparentés, et même cousins proches, ignorant le qu'en-dira-t-on les uns comme les autres – m'avait paru insupportable. On me comprendra mieux si je précise, par exemple, que dans la bastide en plein bois au-dessus de la mer que je considère aujourd'hui comme la plus belle maison du monde, les cabinets étaient à l'extérieur, dans un cabanon sous son toit de tuiles au bout de la terrasse surplombant le poulailler; il valait mieux ne pas oublier d'y passer avant de monter se coucher. Et il n'y avait pas de salle de bains. Chaque chambre avait son alcôve, avec, de part et d'autre, une penderie et un cabinet de toilette : celui-ci était équipé d'un broc et d'une cuvette en porcelaine à fleurs dont les adultes étaient les seuls à se servir. On donnait de temps en temps aux plus jeunes un bain dans un tub ou, mieux, dans une baignoire mobile de zinc où tenaient deux ou trois enfants, dehors, dans le soleil couchant – bains de lumière, bain d'odeurs d'herbes chaudes et bain de poésie dont j'ai gardé le souvenir de moments radieux. Mais il n'était pas question que Sybil soit témoin de ces archaïsmes.

Elle n'allait jamais chez ses grands-parents, ni n'évoquait une grand-mère, un grand-père. Tout se passait comme si elle n'en avait pas. Nous n'en parlions pas, je crois.

J'ai une photo d'elle à Noirmoutier, debout, à côté d'une table de jardin. Une mauvaise photo, à bordure crantée, probablement prise par moi avec un petit appareil de plastique. J'avais dû l'appeler juste avant d'appuyer sur le déclencheur. Elle tourne la tête vers moi.

Longues et lourdes tresses, joues pleines, yeux en amande. Belles jambes solides, air sérieux. À cet âge elle n'avait ni aura, ni charme, ni grâce, mais la beauté non dégrossie d'une grande enfant saine, étrangère à la volonté de séduire et même au simple désir de plaire. Une beauté de ponette au pré, sans défaut.

7

Nous grandissions sans y faire attention, toujours inséparables. Deux ou trois enseignantes réprouvaient notre lien. Elles le jugeaient exclusif. Elles n'avaient pas tort. Elles devaient y voir une forme de suffisance : c'était exactement cela. On nous servit des mots cinglants. Mais ni Sybil ni moi ne saisissions ce que notre joie enlevait aux autres. Nous ne pensions pas blesser qui que ce fût. Nous ne pensions qu'à nous, comme les amoureux.

Il n'est pas simple de comprendre comment cinq ans d'intimité si vive m'ont laissé aussi peu de souvenirs, et encore moins de l'accepter.

Cela tient, bien sûr, à la sérénité que nous partagions. C'en est la rançon. Les gens heureux n'ont pas d'histoire, et ceux qui n'ont pas eu d'histoire n'ont pas de souvenirs. Le bonheur laisse derrière lui une vapeur d'or qui se dissout aussitôt et s'efface.

La souffrance, au contraire, charge le cœur et l'âme de réminiscences acérées qui ne s'émoussent pas. Les romanciers le savent, non pas mieux que les autres, tout autant, et ils le savent bien car cette mémoire à épines est la seule de leurs inspirations qui, par définition, ne s'épuise pas.

Des huit ou dix sortes d'amour que distinguent les Grecs anciens, la *philia* est considérée comme la plus accomplie.

C'est une amitié entre pairs qui ne se conçoit pas sans une égalité très grande, égalité de condition, de disposition, d'engagement, d'attachement. Un amour partagé. Une réciprocité sans effort, pleine de bonté.

Ceux que la *philia* rapproche se veulent du bien de la même façon et au même degré. Ils ou elles se ressemblent.

Ils se parlent. La *philia* vit du dialogue comme la terre du soleil.

Elle est platonique. La sexualité ne lui est pas consubstantielle. Ce n'est pas la passion. Au contraire de l'*éros*, elle n'est pas fusionnelle.

Elle n'est pas conflictuelle mais sereine, confiante.

Elle n'a rien de l'amour fou qui caractérise la *mania*, rien d'obsessionnel, de possessif, de jaloux. Elle est sage. Elle est désintéressée (dans la mesure où quoi que ce soit d'humain peut l'être).

Les philosophes grecs la définissent quelquefois en creux, négativement. « Celui qui a beaucoup d'amis n'a pas d'amis. » « Entre amis, on n'a pas besoin de justice » : car on ne se fait pas de tort.

Cet amour-là est ferme. Il dure. C'est celui-là qu'il faut chercher.

Mais sur la fin de la *philia*, qu'ont-ils écrit, les Grecs si épris de l'amitié, si soucieux de l'entretenir ? Je n'ai rien trouvé là-dessus. Ils le savaient, pourtant, la *philia* peut être moins précaire que la passion, elle peut avoir des racines bien plus profondes que l'amitié usuelle, elle n'en connaît pas moins le dépérissement.

Le changement s'amorça-t-il au cours de notre quatrième ? Toute notre troisième il se confirma, mais je ne sais plus quand il commença. Ces mutations sont à la fois progressives et rapides : vers treize ou quatorze ans, Sybil devint extrêmement belle.

Elle grandit, s'affina, se délia, son corps prit des proportions parfaites, son visage apparut exquis et, surtout, il fut manifeste qu'elle avait conscience de sortir du lot. Il lui vint un nouveau sourire qui me serrait le cœur car il ne m'était pas destiné, même lorsque c'était dans un tête-à-tête avec moi. Peut-être la débordait-il quand elle marchait, seule et sans témoins, dans la rue ou dans un jardin. Un sourire à personne et à tous. Une euphorie intime, immense, irrépressible.

Je n'ai pas souvenir d'avoir vu Sybil peu à peu changer et embellir. Je crois plutôt qu'à un moment je vis qu'elle était belle, au point que j'eus l'impression de la voir pour la première fois.

Comme si, jusque-là, notre amitié avait été désincarnée et que le corps, le corps de Sybil se mettait en travers.

À vrai dire elles étaient deux dans la classe à se distinguer du groupe confus de toutes les autres, Sybil et Raphaële V.

Elles ne se ressemblaient pas. Raphaële avait une boule

de cheveux courts, un tout petit nez, des yeux d'écureuil, un sourire tendre mais, comme Sybil, le corps effilé, une haute taille, des jambes et des bras de rêve. Elle n'était pas bonne élève et n'avait pas l'air d'en être affectée. Sa famille habitait une maison blanche, dans un parc, parmi les plus belles de la petite ville.

Tout se passa, cette année de troisième, comme si Raphaële et Sybil, sans l'avoir cherché, se retrouvaient dans un ordre de la réalité auquel elles étaient les seules à avoir accédé : le surplomb où évoluaient les êtres marqués par la grâce.

Elles étaient habillées avec beaucoup de soin – l'uniforme, cette année-là, s'était lui aussi modifié, nous n'étions plus tenues de porter des jupes plissées et des chemisiers identiques mais simplement d'être en bleu marine et en blanc. Je commençais à comprendre que certains noms de marques et de boutiques circulaient entre initiés, leur cote s'effondrant d'ailleurs dès qu'elles étaient connues du grand nombre, et que Sybil et Raphaële avaient les mots de passe – pas moi, en partie par indifférence, en partie par condescendance (suivre la mode est ridicule, c'est l'originalité qu'il faut rechercher). Leurs mères aussi me semblaient s'entendre sur ces adresses – pas la mienne. La brillante madame D. et madame V., la radieuse.

Vers ces mois-là, également, je perçus que des livres, en très petit nombre, différaient des autres. Jusque-là j'avais dévoré tout ce qui me tombait sous la main. C'étaient les histoires qui me retenaient. Je changeai. Je fis une découverte majeure : certains écrits avaient une musique. Ils s'entendaient – et cela n'avait rien à voir avec leur sujet. Si je me souviens bien, c'est à Colette que je dois d'être entrée pour la première fois dans ce chant. Je découvrais la littérature ou, pour dire plus exactement les choses, la littérature s'offrait à moi.

D'autres portes jouèrent. J'avançais pas à pas dans les chambres de la beauté. Depuis des années je souffrais de n'avoir aucun discernement – quand par exemple mes parents s'arrêtaient devant un voilier, sur un quai où il y en avait des dizaines, amarrés à touche-touche, et que, gourde, muette, je ne m'expliquais pas ce qui leur faisait admirer ce bateau entre tous. À l'adolescence, mes yeux s'ouvrirent. Cela ne me demanda pas le moindre effort et me donna comme une excitation à vivre en même temps qu'une douleur d'être. Il m'arrivait plusieurs fois par jour de ne pas pouvoir détacher le regard d'une branche de cerisier en fleur, d'un ciel bleu-gris et or, d'une main dont les doigts faisaient penser à des cierges de cire, du profil parfait de Sybil, comblée et déchirée car je savais, quelle que fût mon avidité, que je n'avais aucune part à ces objets d'enchantement. Je les voyais comme sur un écran de cinéma, à la fois éblouie et tenue à distance, invisible, ignorée.

Je n'ai pas d'autres souvenirs de cette classe de troisième que la vision de ces deux filles fascinantes se rapprochant comme deux astres, irrésistiblement. La vision, ou plutôt le film.

Nous devions pourtant continuer à parler, Sybil et moi, à descendre du même pas dans la cour de récréation, à échanger pendant les cours ces signes que l'on dit d'intelligence. Nous séparions-nous maintenant à la sortie des classes ? Vraiment, nous ne rentrions plus ensemble ? Nous ne nous retrouvions plus dans la chambre bleue de Sybil pour expédier nos devoirs le plus vite possible en les faisant à deux et nous mettre à lire, enfin, côte à côte ?

Il n'y eut jamais entre nous une explication, une mise au point, un quelconque constat que les choses se délitaient. Pas plus qu'auparavant nous ne nous étions félicitées de notre intimité, ni ne nous étions juré une amitié à vie.

Peut-être ai-je eu de mon côté une espèce de recul, voyant tout ce qui me séparait d'elle, de Raphaële et d'elle, et prenant la mesure de mon insignifiance. Je changeais, moi aussi. J'étais devenue grosse, maladroite. Rien ne m'autorisait à me penser aimable de filles aussi fées.

C'était ainsi. Il y avait une loterie humaine. Il y avait des castes. Il y avait des étoiles sur de rares fronts. Il y avait des chevelures de reine et des queues de rat, des épaules tombantes, des jambes courtes. (Mon Dieu, ce que peut être ingrate une fille de quatorze ans pataude, dans des vêtements qui ne lui vont pas, en jupe trop courte et chaussettes, dans des mocassins avachis. Je décris là une photo de moi.)

Les donnes étaient inégales. S'insurger ne servait à rien – et puis, auprès de qui ? Il fallait s'accommoder de son lot. Ce n'était pas facile.

Je ne me confiai à personne, ni à ma mère dont l'intégralité des mots et des gestes affichait qu'elle ignorait tout du chagrin, ni à mon père qui, lui, à l'évidence, savait ce que c'était mais à qui je n'aurais jamais osé parler de moi, ni à un de mes frères ou une de mes sœurs – bien trop proches, ceux-là, et au milieu desquels il y avait obligation de rester un tout petit peu imperméable. Je ne connaissais pas d'adulte dont je n'eusse pas peur. Les adolescents n'étaient pas écoutés, alors. Je n'avais pas d'amie, ayant Sybil – si tant est que le verbe avoir soit approprié ici.

Dans sa fratrie, ce fut la seule à se détacher à ce point du commun. Rémi, son frère, et sa sœur Chloé étaient avenants, bien faits, mais sans rien de sa singulière beauté. Ils lui ressemblaient peu, d'ailleurs.

8

Je ne finis pas ma troisième en France. Par tradition familiale, et contre toute attente étant donné que les marins pullulaient dans son ascendance, mon père aimait beaucoup l'Angleterre, la langue anglaise et jusqu'aux Anglais. Il obtint de la direction du collège la permission de m'envoyer trois mois dans un internat du Yorkshire de la même congrégation, de début mai à fin juillet. J'étais pour. J'attendais de l'éloignement un allègement de ma peine, j'imagine.

Il était du reste prévu que je change d'école à la rentrée suivante, et Sybil aussi. Les élèves un peu douées quittaient en général Sainte-Minime à la fin de la classe de troisième et allaient achever leur scolarité à Paris. Si peu scolaires que fussent mes parents, si peu touchés par le mimétisme et l'esprit de compétition, ils avaient fini par s'apercevoir de l'indigence des études à Sainte-Minime. Ils m'inscrivirent dans le lycée de filles parisien (catholique, toujours) le mieux relié par les transports publics à notre commune.

Sybil était au courant de ce choix. Nos mères en avaient

parlé. J'espérais de toute mon âme et à la vérité je croyais que nous allions nous retrouver dans ce bahut très proche. Raphaële avait décidé de rester à Sainte-Minime. Là ou ailleurs, c'était indifférent pour elle.

Début mai je partis pour l'Angleterre. Le collège occupait un château XVIIIe à peine modifié, en pleine campagne. Il pleuvait tous les jours, l'humidité suintait dans les classes et les dortoirs. Je m'enfermais dans les cabinets pour pleurer. Les Anglaises étaient froides et salaces. Elles m'interrogeaient sur ma sexualité, je ne comprenais rien à leurs invites. Je passais des heures à la bibliothèque, où l'on pouvait lire tout ce qu'on voulait, d'autant plus librement qu'il n'y avait jamais dans cette immense galerie ni bibliothécaire ni lectrice. C'était la seule pièce un peu chauffée du bâtiment et j'eus le bonheur d'y trouver deux ou trois cents romans en français, au format de poche. Dans un de ces livres, de Julien Green, sauf erreur, je tombai sur le mot *sardonique* qui me parut définir bien ce qui luisait dans les yeux des Anglaises quand elles me regardaient.

On ne se téléphonait pas d'un pays à l'autre, à l'époque. Je recevais de mes parents une lettre affectueuse par semaine et j'en envoyais une autre en réponse, sans aucune allusion à mes idées noires. *Nous t'embrassons*, *Je vous embrasse*. Je n'avais plus dix ans.

Les lettres des adolescents alors, du moins des adolescents dans mon genre, étaient de petites rédactions dépeignant des lieux, des personnes, rapportant des faits. Je décrivais le folklore du collège, l'uniforme d'été à carreaux jaune et bleu, les desserts chauds arrosés de custard. La professeur de maths et de cricket était surnommée

Big Bust et il est vrai qu'il y avait là quelque chose de troublant, car sa considérable poitrine n'allait ni avec sa maigreur d'athlète nerveuse, ni avec son visage de garçon décavé, sous un toupet de paille jaune.

J'écrivais sûrement à Sybil, et sans nul doute elle me répondait. Je suppose que, nous aussi, nous échangions des propos anodins et factuels, sous une forme que nous voulions littéraire et dans le seul registre que nous connaissions, sur un ton gouailleur et fleuri.

Je ne sais plus comment j'appris sa décision, d'elle directement, dans une de ses lettres, ou plus tard, par la bande, quand je fus revenue en France. En septembre elle allait entrer à Sainte-Majeure, le nec plus ultra de l'enseignement (catholique) pour les filles ces années-là.

Il était trop tard lorsque je le sus pour penser m'y présenter moi aussi. D'ailleurs mes parents n'aimaient pas l'élitisme affiché de cette pépinière, dont on savait que les éducatrices y régentaient bien plus que les études des élèves, leurs loisirs, leur culture, leurs relations, leurs ambitions, leur projet de vie. Le scoutisme y était si peu estimé, par exemple, que les demoiselles de Sainte-Majeure avaient interdiction d'être jeannettes ou guides. (À moins que le scoutisme, au contraire, n'y fût considéré comme un système éducatif dangereusement concurrent, une formation de valeur et d'autant plus rivale dont il fallait détourner les élèves. Du catholicisme. Des demeures pour le moins diverses coexistant dans la maison du Père.)

De ma rentrée à Saint-Moins en septembre, j'ai le souvenir d'une solitude sans fond. Je découvrais la condition de nouvelle. En soi, ce n'était pas une épreuve. Je savais bien que si, comme je l'avais espéré en juin et en juillet, Sybil et moi nous étions retrouvées dans cette classe de seconde, tout ce qu'il pouvait y avoir de nouveau à la clé, les trente filles, les dix enseignantes, le style de la maison, l'accoutumance à un Paris quotidien, tout cela m'aurait plu justement parce que c'était inhabituel.

Ce qui me minait était autre. J'allais avoir quinze ans et, à l'âge où la plupart des adolescents nouent des amitiés qui les initient à la ferveur, je faisais l'apprentissage du manque.

À ce degré, le manque a tout de la possession. Il n'ouvre pas, il ferme. Il envahit. Il obsède. Je ne pouvais entrer en relation avec personne.

Je me rappelle très précisément le bon sourire de l'élève à côté de qui le hasard, ou l'ordre alphabétique, me fit asseoir le premier jour. Marie-Ange Clarest. Elle aurait fait une amie de secours chaleureuse, je le vis tout de suite. Mais je n'étais pas libre. Je fus submergée de reconnaissance pour elle comme on peut l'être pour un inconnu dans la rue qui a, lorsqu'on le croise, un regard amical, ou un mouvement, alors qu'il ne peut pas savoir qu'on est triste à pleurer ; on déborde de gratitude et on n'en laisse rien paraître, on est muet, inerte, on passe son chemin.

C'est aussi qu'à ce moment-là j'étais loin de penser avoir perdu Sybil. Les heures de classe ne prenaient pas tout notre temps. Nous avions le samedi, le dimanche. Nous habitions si près l'une de l'autre.

Et en effet nous continuions à nous voir. Ce qui avait

changé, c'est qu'il nous fallait prendre rendez-vous, en quelque sorte avoir une *raison*. « J'ai envie d'aller voir l'exposition Toutankhamon. Ça te tente ? » C'est moi qui appelais.

J'écoutais Sybil, je la regardais. Je la vois : elle était grisée. Dans sa classe, toutes les filles avaient une maturité et une culture peu communes. La plupart étaient à Sainte-Majeure depuis le primaire. Beaucoup avaient un père dont on parlait dans les journaux, magistrat, éditeur, ministre. Le niveau d'exigence était dingue – il fallait voir les profs, aussi. Tous agrégés (je n'avais jamais entendu le mot). Le cours de français, par exemple, on aurait voulu qu'il dure la journée entière. Certaines des élèves *débattaient* avec le prof.

Souvent, Sybil restait une heure ou deux, le soir, en sortant de classe, chez une fille élevée par son père, Edmée Le Laubier. L'une et l'autre avaient passé l'examen d'entrée le même jour, en juin, avec une trentaine d'autres candidates, dûment sélectionnées. Elles étaient les deux seules à avoir été prises, les deux nouvelles en classe de seconde. Cette Edmée habitait quai Voltaire, un appartement donnant sur la Seine. Elle avait l'habitude de faire ses devoirs dans la plus belle pièce, en tout cas aux yeux de Sybil, une bibliothèque tapissée de livres où son père travaillait aussi après le dîner, et quelquefois l'après-midi – un juriste, avocat, professeur, arbitre. Sybil découvrait qu'il y a des lieux qui inspirent – « qui vous portent, je sais pas si tu vois ».

Ce sourire ! Ce coup de lame. Ce sourire d'excitation à l'évocation d'un monde où je n'étais pas. J'avais l'impression, à l'entendre, qu'en entrant à Sainte-Majeure elle avait changé de condition. Elle était enfin à sa place et c'était plus qu'heureux. Le futur se transformait, il n'avait plus rien d'inquiétant, au contraire, tout devenait possible.

Comment aurais-je pu échapper à l'envie ? On entrait à Saint-Moins sans examen. Toutes les postulantes étaient admises. Deux ou trois filles avaient des facilités dans ma classe – par la suite elles ont opté pour une terminale scientifique et fait leur médecine. Les enseignantes étaient l'ennui même, y compris la seule à sortir du lot, une grande femme cordiale dont on savait qu'elle avait un mari et des enfants – toutes les autres étaient célibataires – et que l'on voyait préparer ses cours dans une brasserie du quartier. Mais je vivais l'envie sur le mode du rêve, comme un regret douloureux et pourtant inerte, ne se traduisant jamais en acte, ne débouchant jamais sur un tournant ou sur une offensive.

Et je ne me plaignais de rien. Je ne disais rien. Comment peut-on, quand on n'a plus six ans et qu'apparemment on n'est pas débile, aimer autant l'étude et se laisser imposer tous les jours autant d'heures insipides ? Comment peut-on être si orgueilleuse et si docile ? Si peu résignée et si peu agressive ? Si triste et si polie ? Si déchirée et si murée ?

L'autre d'abord, aimer sans rien attendre en retour, convertir sa souffrance en attention aux autres – tout cela était imprimé en moi. Et, dans mon entourage, personne n'avait lu Nietzsche ni Freud, ni Simone de Beauvoir. Il n'y avait personne pour me souffler « Braille un peu », « N'accepte jamais d'être mal traitée », « Défends-toi », « Il faut savoir ce que tu veux», «Sois ambitieuse : ne compte pas sur qui que ce soit pour l'être à ta place».

La ligne stoïco-chrétienne est une philosophie de la vie qui en vaut beaucoup d'autres. Mais c'était folie de l'inculquer aux enfants. Ne rien vouloir pour soi, passer derrière, tendre l'autre joue, ces préceptes sont ravageurs quand ils sont intégrés trop tôt. À l'âge adulte, ils font d'excellents guides pour l'action, et offrent l'intérêt, en outre, d'aider à tempérer les diverses avidités. Mais les met-on jamais en pratique si on ne les a pas acquis dans l'enfance?

9

À Saint-Moins je me retrouvai tout de suite en tête de classe. Cela ne me fit pas plaisir, pas plus qu'au borgne de lire mieux que les aveugles. Mes parents avaient l'air contents. Tout va bien, devaient-ils se dire, le changement ne l'a pas perturbée, elle est à l'aise.

Les jours et les semaines se traînaient mais je n'ai pas cherché à être inscrite ailleurs. J'ai fini ma scolarité à Saint-Moins.

Il n'est pas impossible que j'aie pensé : après tout, je m'en fiche, j'ai les livres. Ou que j'aie cru sincèrement, avec mes père et mère, que les choses sérieuses commençaient après le bac et que j'avais le temps.

Je donnais pourtant des signes de trouble. (Et j'ai bien conscience, écrivant ces mots, d'exprimer le point de vue de l'adulte que je suis aujourd'hui sur la gamine que j'étais. Ce que je connaissais de moi, alors, c'était mon opiniâtreté, ma constance et, si j'avais dû faire mon portrait en animal, j'aurais dit un saumon de mer ou un chien de traîneau : forte, non, mais solide, assurément. Et j'étais à cent lieues de voir l'effet de la détresse dans une transformation corporelle qui s'imposa à moi.)

Sans l'avoir voulu, en tout cas au début, je me mis à maigrir. Je fondis à toute vitesse. À l'époque, personne, même pas moi, ne fit le lien entre cet amaigrissement et le fait que Sybil, devenant de plus en plus belle, ne me regardait plus. Aujourd'hui le rapport m'apparaît flagrant. Mon pauvre inconscient devait confondre maigreur et beauté.

Le médecin avait beau être de famille, il était froid comme un scalpel et il ne connaissait que la menace. Il fallait que je fasse preuve de bonne volonté, sans quoi ce serait l'hôpital, l'isolement, le noir dans la chambre, la privation de livres et le gavage.

Peut-être aurait-il mieux valu me faire parler? Mais, l'eût-on fait, j'aurais dit que tout allait bien.

Et j'aurais détaillé. J'aurais dépeint comme un film en couleurs et en miroitements la bande de mes frères et cousins où les filles étaient peu nombreuses et qui nous incluait, Claire et moi. Deux ou trois des amis de mes frères étaient très beaux garçons. Nous faisions de la montagne l'hiver et du bateau toute l'année, en Méditerranée sur la coque de noix familiale, ou avec des Anglais, entre Plymouth et Groix, histoire d'apprendre un peu leur langue. Je jouais du piano tous les jours, et quelquefois avec transport.

Et la lecture était mon élément, ma société d'élection, mon champ d'exploration, mon repos, mon délice, l'océan des romans, si proche et si vaste, toujours renouvelé. « *Que me faut-il encore ?* » Je ne sais pas de qui je tenais cette phrase, de quel enseignement, quel livre. On la trouve chez Fénelon, dans une prière. J'éprouvais de l'apaisement à me la rappeler. Je me la dis toujours. Elle m'aura beaucoup aidée.

Un jour, Sybil me fit une surprise. Je crois que c'était au printemps. J'arrivai chez elle. Elle ouvrit – je la vois, dans l'encadrement de la porte, elle souriait. Elle avait fait couper ses tresses. Ses cheveux détachés lui couvraient les épaules. C'était la mode, alors. Les mannequins des magazines avaient les cheveux longs, lisses et libres. Ceux de Sybil, ainsi raccourcis, en quelque sorte ramenés à la normale, restaient exceptionnels, par leur épaisseur et leur poids, leur brun de fourrure, leur luisant. La mode était aux franges mais Sybil avait une raie sur le côté et devait régulièrement relever de la main le flot qui s'écroulait sur sa joue, sitôt qu'elle inclinait le front. Et, soudain, relevant et tournant la tête dans le même ample mouvement, elle envoyait voler en arrière la masse de sa chevelure, tout entière transfigurée, passée de l'enfance à la gloire et somptueusement impatiente.

Quelques semaines après, je me fis couper les cheveux à mon tour. C'était pour moi aussi la première fois. J'étais bouclée, un véritable handicap alors. J'avais espéré de la coupe un saut dans le temps : en finir avec un faciès de petite fille modèle et avoir enfin l'air moderne. Erreur. Échec. Des cheveux longs et ondulés sont d'abord des cheveux longs, alors que des cheveux courts et bouclés sont d'abord des cheveux bouclés.

Il passa cinq ou six semaines avant que Sybil ne voie ma nouvelle tête. (Nos rencontres se raréfiaient. Je pensais comme à un rêve évanoui et qui part en lambeaux à toutes ces années où, tous les jours de classe, sortir du lit trop tôt, tituber de sommeil, et partir dans la nuit pour le collège ne freinait pas la hâte de nous retrouver, quand bien même nous n'avions rien de particulier à nous dire.) Sybil regarda mes cheveux. « C'est mieux », dit-elle sans conviction. Et dans ces trois mots j'entendis : il était temps ; il fallait faire quelque chose : ce n'est pas encore ça mais, de toute façon, tu ne seras jamais terrible.

Elle ajouta : « Ce que tu peux être maigre, ma pauvre », sur un ton dont je me souviens car il n'y entrait pas d'amitié.

Jamais je ne lui ai fait de reproches. Et je ne crois pas en avoir conçu. Le pathos sentimental – « Tu ne m'aimes plus », « Je n'existe plus pour toi » – ne faisait pas partie de mon répertoire.

Je n'en voulais pas à Sybil. Peut-être parce que je savais que rien ne m'était dû.

Nous étions élevés à réagir techniquement à la douleur morale, sans nous plaindre, sans protester, en encaissant ; et en mettant toute notre énergie à nous décentrer de nous-mêmes et à travailler à réduire notre propre contribution à la violence et l'injustice.

Je dois dire que la générosité la plus obstinée me paraît toujours être la meilleure manière de supporter l'adversité (y compris la trahison, l'abandon, la solitude), bien plus : la seule position tenable au milieu de la casse générale, et l'unique réponse à la redoutable question du Mal.

Je ne suis pas la seule. « *Pourquoi reprocher à quelqu'un de vous avoir trahi, alors qu'on est soi-même un buisson de trahisons ?*» a écrit André de Richaud. Et Jorge Luis Borges (à qui je baise les mains à travers le temps ou plutôt l'éternité pour cette phrase) : «*Je fus aimé par une femme que je n'oublierai pas. Je la quittai, ou elle me quitta, ce qui revient au même.* »

Sybil s'était mise à beaucoup travailler – je crois qu'elle n'exagérait pas quand elle invoquait «un boulot de dingue» pour annuler un rendez-vous. C'était cela, aussi, changer de condition : il fallait être à la hauteur des filles bien nées, des maîtres fascinants, de l'exigence intellectuelle, de l'ambition sociale. Et cet infini au-delà du programme scolaire qui était le véritable objectif à Sainte-Majeure, cet Everest avait de quoi donner le vertige à l'adolescente brûlant du désir de le conquérir.

À Saint-Moins, je découvrais Montaigne comme on se découvre un ami – un homme qui est un ami : j'en rêvais, en sachant que cela n'existe pas ; aucun homme ne se lie d'amitié avec une fille de quinze ans, ni dans la réalité, ni dans les livres. Sybil ne jurait plus que par Sarraute, ce génie qui nouait avec le lecteur le pacte du « suggéré-compris-rejoint-dépassé », l'associant à son œuvre comme aucun autre écrivain. Elle m'avait passé un cours. J'appris que Sarraute était une femme. J'essayai de lire *Le Planétarium*, je m'appliquais. «Suggéré-compris», c'était simple ; en effet il y avait là une invitation de l'auteur et une action du lecteur en réponse, disons un pacte, pourquoi pas. Mais «rejoint-dépassé» n'évoquait rien pour moi. Dans aucune de mes lectures, ni même en étudiant en classe tel ou tel écrivain, je ne m'étais sentie invitée à «rejoindre» un auteur, encore moins à le «dépasser». Je ne lisais que des romans et je m'y dissolvais. Je m'en soûlais, pour le plaisir et pour l'oubli, rien d'autre : ce n'était pas ce qui s'appelle être actif.

Sybil parlait comme d'une corvée, et à mots comptés, des samedis soir avec Raphaële et son groupe. Leurs mères avaient monté un rallye bridge. Trente garçons et filles de quinze à dix-huit ans s'initiaient au bridge un samedi sur deux entre cinq et sept sous la direction d'un professeur. Puis un buffet froid était proposé. Ensuite, on dansait.

«On t'a épargné ça, m'assena Sybil. Tu m'as toujours dit que tu détestais les jeux de société.»

C'était la vérité. Ces prétendus jeux m'ennuyaient, tous, sans exception. Je n'arrivais pas à comprendre que l'on joue aux cartes entre amis, aux ambassadeurs ou aux dominos, plutôt que se parler.

La mode était alors aux shetlands, ces pulls ou cardigans de laine aux couleurs anglaises, doux et coûteux. Sybil en avait de ravissants, avec des motifs de jacquard en collerette. Les filles chics mettaient aussi des jupes droites, bleu marine, en lainage sec, des collants très clairs, presque blancs, des gabardines anglaises presque noires. Hyper classiques et adorables.

J'avais un petit pull bleu clair qui ressemblait à un shetland, une jupe d'été en toile beige, à panneaux, que l'on pouvait à la rigueur prendre pour une jupe droite. Mais cela ne trompait personne, je n'étais pas naïve au point de ne pas le savoir. J'oscillais entre humiliation et orgueil. Je souffrais de n'avoir ni allure ni charme et, d'un autre côté, je trouvais méprisable de dépenser de l'argent en nippes, le classicisme me semblait une faiblesse, il fallait être original ; quant à suivre la mode, cela me paraissait pitoyable. J'aspirais à une frugalité intense, appliquée à toutes les dimensions de la vie – une belle frugalité, tout de même, qui aurait à voir avec l'art roman.

Mais la nature et la féminité et le désir de plaire piaffaient en moi. J'avais peu de poitrine et je ne m'y résignais pas. Je bourrais mon soutien-gorge de mouchoirs en papier.

Ma sœur Claire était plus simple et plus cohérente. Elle s'habillait avec beaucoup de goût, sans chercher comme moi l'originalité à tout prix. Elle avait quelque chose de la jeune fille idéale, sage et svelte, et jolie comme un cœur.

10

Dans les mois qui suivirent, entre Sybil et moi, les fils cassèrent l'un après l'autre. Nous n'avions pas d'activité commune. Nos rendez-vous s'espacèrent de plus en plus. Sybil me parlait de ses amies de Sainte-Majeure en les nommant, comme si je les connaissais, ou si c'étaient des personnalités connues – ce qu'en effet plusieurs sont devenues. Je n'imagine pas qu'elle ait parlé de moi à ces amies en leur donnant mon nom. Je ne lui disais rien de Saint-Moins. Je n'avais rien d'intéressant à en dire, et jamais elle ne s'y intéressa.

Elle renâclait à sortir et sortait quand même. Je n'ai pas souvenir qu'elle m'ait parlé d'un garçon en particulier, ces années où nous étions encore lycéennes. Elle disait « les mecs ».

Mes parents continuaient à dire « ton amie » lorsque quelquefois ils me parlaient d'elle.

J'étais amoureuse à peu près en permanence d'un garçon, puis d'un autre. Pour le lui dire j'attendais qu'il s'approche de moi, mais il ne s'approchait jamais. Ces histoires, ou ces non-histoires, pouvaient durer des mois. Elles finissaient, ou plutôt sans finir vraiment se transformaient en tristesse, le jour où je voyais le garçon enfouir son visage dans le cou d'une autre. Comme les braises se transforment en cendres.

Mes frères avaient de grands copains qu'ils amenaient à la maison – pour la plupart des fous de sport comme ils l'étaient eux-mêmes. L'été, ils embarquaient sur des voiliers de course. L'hiver, ils essayaient des prototypes pour des fabricants de skis, ils avaient chacun trois ou quatre paires. À Noël et à Pâques, nous allions faire du ski à vingt ou vingt-cinq dans des chalets où nous étions quatre ou cinq par chambre.

Je finis par comprendre que je n'aimais pas la vie en groupe. Mais je gardai pour moi ce constat. À qui aurais-je pu le dire ? Et puis qu'aurais-je fait de moi, où serais-je allée si j'avais rompu avec la tribu ?

Cette somme d'insuffisances me coupait les jambes. Je ne parle pas de la finitude humaine, dont il vaut mieux être convaincu le plus tôt possible. Mon père en était pénétré, bien que jamais il n'eût ce mot de finitude. Il disait parfois regretter d'avoir été velléitaire – il prenait pour exemple des affaires mineures, un livre inabouti, l'achat d'un meuble qu'il avait eu tort de laisser filer, et je me disais que, peut-être, il avait des regrets plus lancinants.

L'incomplétude qui m'empêchait de bouger était autre. C'était l'impotence des filles.

Une fille de ma génération portait en elle, à vie, la conviction d'être par nature *moindre*, et dépendante, à jamais. Une petite fille des années 60 se savait par définition une demi-portion, un accessoire, tout au plus une future femme, c'est-à-dire, en attendant, rien : rien avant d'avoir été engrossée, unique compétence à laquelle elle pouvait prétendre, si l'on peut dire puisqu'elle n'y parviendrait jamais seule.

Elle se savait, qu'elle le veuille ou non, un spécimen du sexe faible, destinée à vivre dans un monde fait par et pour le sexe fort, un monde où les hommes régnaient, les hommes dotés, eux, par nature, de tous les talents, l'autonomie et l'intelligence, l'aisance physique et le droit de se faire entendre en société, le devoir d'agir et de prendre leur place, d'exceller, de se distinguer et d'être applaudis (ce qui comblerait leur mère de joie).

Variantes : la petite fille se savait être une empotée, ou une geignarde, une chichiteuse, un bibelot.

Mon père, qui avait beaucoup désiré fonder une famille, qui aurait été désolé de n'avoir que des fils et qui était un homme bon, disait devant nous qu'il était bien content d'avoir eu « des fils intelligents et des filles jolies ». Il ne le disait pas par misogynie, ni par tradition, mais parce qu'il aimait le bonheur et le souhaitait à ses enfants, et que c'était un observateur réaliste et sensible de la cruauté sociale.

Vint la terminale, l'année du bac. Les nouvelles aléatoires que j'avais de Sybil m'arrivaient par ma mère, qui croisait de temps à autre la sienne, à la poste, ou chez le fleuriste. Sybil ne faisait plus que travailler. Si elle avait préparé le concours d'entrée à Normale Sup, elle n'en aurait pas fait plus. Elle fermait les volets de sa chambre en plein jour et s'y retranchait, avait dit madame D. à ma mère. « Il n'y a pas moyen de lui faire prendre une heure de repos, même le week-end. »

Je la vis pourtant, une fois, à une petite soirée dansante où elle ne fit qu'entrer et sortir, le visage fermé. Les robes habillées étaient moches, cette année-là, des sacs, avec des encolures en collier de chien et des emmanchures américaines. Sybil en avait une de ce style, mais si fluide qu'elle semblait couler sur elle, dans une mousseline vert d'eau qui mettait en valeur sa peau mate. Je l'en félicitai. C'était sa mère qui l'avait trouvée, me dit-elle. Elle n'avait pas le temps de faire les boutiques. Sa mère y allait à sa place, sélectionnait pour elle quatre ou cinq modèles et les lui faisait essayer à la maison.

Elle eut son bac avec la mention bien, moi aussi. Elle avait décidé de faire son droit. Elle en parlait avec passion, comme de la discipline la plus captivante, la plus noble, la plus exigeante. Parce que mon père savait Sciences Po ouvert sur la modernité et raisonnablement intellectuel, plus appliqué que théorique, moi qui aimais par-dessus tout la littérature je choisis cette école qu'il avait choisie pour moi.

Je me souviens comme d'un suspens lumineux du mois de septembre qui suivit. Les études dites supérieures reprenaient en octobre, à l'époque. Et nous étions restés quatre cousins dans ma situation, libres encore quelques semaines, dans une maison au bord de la mer, sans parents, sans petits. Mon père nous avait laissé son bateau, le père de mes cousins et propriétaire de la maison sa voiture. La fin d'été était de toute beauté, la mer chaude. La Côte d'Azur sans les estivants avait un côté provincial que je ne lui connaissais pas. Il nous est arrivé plusieurs fois de passer la journée en mer et de rentrer au port à une ou deux heures du matin parce que le vent était tombé au coucher du soleil et que nous n'avancions plus qu'un mètre après l'autre, poussés par un imperceptible souffle ; mais la nuit était si belle, l'air si doux et le plaisir d'être sur l'eau si parfait que mettre le moteur nous semblait inepte. Nous nous faisions des omelettes de vingt œufs avant d'aller dormir jusqu'à midi.

Un jour, nous sommes montés en voiture dans l'arrière-pays de Grasse. Il n'y avait personne sur les routes, entre les villages perchés. Nous étions dans les gorges du Loup, vers sept heures du soir, lorsque l'autoradio a diffusé un rock irrésistible. L'un de nous a crié « Arrête-toi ! » au conducteur. Nous sommes sortis de l'auto comme des diables et nous avons dansé dans le soleil couchant, au milieu de la chaussée, le son poussé à fond. Nous étions tous les quatre vierges, que je sache, et cependant conscients, je me demande par quelle prescience, que l'on ne connaît pas souvent des minutes d'exultation physique aussi intenses.

II

À Sciences Po, les trois quarts de l'enseignement consistaient en matières obligatoires, l'histoire, l'économie et autres robustes fondamentaux. Le quart restant était optionnel. Je n'y avais pas beaucoup réfléchi car, en ce qui me concernait, le choix allait de soi : je retiendrais tout ce qui avait trait à la littérature. Je découvris le jour de la rentrée qu'aucune des options proposées ne touchait de près ou de loin aux questions littéraires, aucun cours, aucun séminaire. Dans l'immense fichier de l'immense bibliothèque – des mètres et des mètres de tiroirs, bourrés de fiches de carton –, je ne trouvai pas un roman, pas un seul.

J'étais très en retard sur les autres. Je n'avais jamais ouvert un journal. J'ignorais tout du droit, de l'économie, des questions sociales et, à vrai dire, j'avais du mal à m'y intéresser. Dans la *Correspondance* de Flaubert, le seul livre de lui qui figurait à la bibliothèque, je tombai sur une sentence aussi stimulante que déprimante : « *Pour qu'une chose soit intéressante, il suffit de la regarder longtemps.* »

Dans les vastes salles de lecture, où toutes les places

étaient prises un quart d'heure après l'ouverture, des garçons très sûrs d'eux discutaient à voix basse, mais plus fort cependant que ne le permettait le règlement ; ils affichaient un dandysme sommaire qui m'impressionnait, parlant de « ce pauvre Raymond Aron », de « ce brave Sartre ».

Beaucoup d'étudiants se connaissaient depuis longtemps. Les grands lycées parisiens déversaient chaque année rue Saint-Guillaume des palanquées de jeunes gens ambitieux et mauvais en maths, pour qui Polytechnique ou HEC étaient inaccessibles mais pas l'ENA.

Un jour, dans le grand hall, je suivis longuement des yeux une fille de mon âge que je n'ai jamais oubliée : ravissante, seule et princière, avec de longs cheveux noirs dans le dos, une robe chasuble bleu pâle sur un pull blanc à côtes, une alliance à l'annulaire gauche. Elle était enceinte de cinq ou six mois, longue et mince, et me parut concentrer sur sa jolie tête la totalité des chances, l'aisance, la beauté, l'amour d'un homme que je ne pouvais imaginer que plus âgé qu'elle, la liberté d'avoir un enfant à dix-huit ou dix-neuf ans.

Je ne voyais toujours Sybil que de loin en loin mais, maintenant, c'était à Paris. Je lui proposais de la retrouver dans un café proche d'Assas. Elle ne refusait pas. Il était pourtant clair que je l'ennuyais. Nos conversations étaient laborieuses. Je n'avais pas plaisir à ces moments, moi non plus. Qu'est-ce qui me faisait l'appeler ? Je ne pouvais pas avoir d'illusions. Qu'est-ce que je rêvais de perpétuer ?

Sa gestuelle avait changé. Ses mouvements avaient pris de la grâce et de l'assurance en même temps qu'ils se conformaient au code stéréotypé de la féminité. Ainsi quand elle fumait et soufflait la fumée par la bouche, en penchant la tête en arrière et en baissant à demi les paupières. Quand elle fouillait dans son sac pour y trouver ses cigarettes et son briquet, et faisait naître un cliquetis de menus objets métalliques. Quand elle entrait dans une pièce comme on entre en scène. Quand elle envoyait de la main la masse de ses longs cheveux derrière son épaule, avec une secousse de la tête animale.

Des gestes qui ont l'air spontanés, et qui le sont pour une part, mais qu'une fille n'a jamais quand elle est seule dans sa chambre.

Je vois, j'entends mon père revenant d'un mariage où ma mère et lui l'avaient croisée. Il décrivait son grand chapeau de paille d'un orange clair, sa robe sans manches. « Cette fille est magnifique », disait-il.

Peut-être que c'était pour contrebalancer sa beauté, somme toute classique : elle affectait une certaine vulgarité langagière, ici et là un ton traînant. Ça n'allait pas très loin. Elle disait « Fait chier », « Des bottes qui m'ont coûté la peau des fesses », « T'as pas un clope à me filer ? ».

Que se dit la fille de dix-huit ans qui, se regardant dans la glace, voit un corps merveilleux sous son visage scrutateur ? Qu'il faut que ce corps soit montré ? offert ? photographié ? Qu'il est fait pour un prince ? ou au contraire pour être largement dispensé ?

Dans le groupe de Raphaële, on ne jouait plus au bridge. « Ça flirte à mort », me dit Sybil. « À mort » me parut une étrange façon de dire, d'une obscénité noire. Et « ça » une manière habile de me cacher qui était concerné, tout le groupe, ou une fraction, Sybil incluse, ou non.

Elle travaillait toujours avec acharnement. La gloire du corps visiblement ne lui suffisait pas. Elle voulait être Nathalie Sarraute avec quelque chose de plus. Une femme qui s'impose par son esprit et dont on dit : « Et superbe, avec ça. »

« Elle est suivie par un psychologue », m'apprit ma mère. C'était madame D. qui le lui avait confié, ajoutant dans un grand sourire : « Elle est compliquée. »

Je n'en dis rien évidemment à Sybil. Quelques semaines ou mois plus tard, ce fut elle qui me prit de court en lâchant sur le ton du constat : « Ta mère a dit à maman que tu aurais bien besoin de voir un psy. »

Je n'ai pas demandé si c'était vrai à ma mère. J'en étais certaine. Sans doute aussi je n'avais pas envie de me faire confirmer par ma mère qu'à son avis je ne tournais pas rond.

Sybil devait faire des étincelles à la fac. Ce fut, je crois, en deuxième année qu'elle accepta de préparer aux examens une étudiante beaucoup plus poussive qui se trouvait être la fille d'un richissime industriel.

Trois ou quatre soirs par semaine, un chauffeur les prenait l'une et l'autre rue d'Assas, après un TD, et les conduisait à un hôtel particulier de magazine au milieu d'un vaste parc. Il y avait plusieurs chevaux dans l'écurie, l'héritière montait tous les jours. Sybil se mit à l'équitation.

Quelques mois après, le beau parti fit un mariage très papier glacé, lui aussi, avec un jeune duc, fils de duc. Des photos partout la montrèrent, blonde en blanc et dentelle, posant au bras d'un jeune homme ravi un peu plus petit qu'elle, devant une façade brique et pierre.

Tout cela ne dut pas laisser Sybil indifférente. Elle n'avait pas de fortune, mais elle était cent fois plus belle que la jeune duchesse.

Elle qui ne prenait plus aucun loisir faisait une exception pour le cheval. Je ne l'ai jamais vue en selle mais la tenue de cavalière classique est la plus seyante qui soit – on n'en portait pas d'autre à l'époque – et je l'imaginais sans peine à cheval, souveraine, suivie des yeux par des hommes étrangement immobiles.

Elle me parla un jour, brièvement, d'un certain Philippe de R., qui lui plaisait beaucoup. Et six mois plus tard, tout aussi allusivement, de son cousin Hubert W., qui lui plaisait encore plus. « Je ne supporte pas qu'un homme m'échappe », dit-elle juste.

12

Elle prépara le barreau, fut reçue. Fit un stage chez un grand avocat, approcha des célébrités du milieu. Des noms de personnalités en vue apparurent au coin de ses phrases.

Elle considérait ma vie comme insignifiante. C'était presque explicite. Elle ne savait pourtant plus rien de mon quotidien, rien de mes amis, de mes engagements ni de mes projets. Il ne me semblait pas y avoir là grand-chose de médiocre. J'aurais dû être imperméable à son opinion sur moi.

Elle s'était prise de passion pour la photo. « Pas besoin de talent pour ça, me dit-elle. Je ne suis pas musicienne, pas douée pour le dessin, mais je peux appuyer sur un déclencheur. »

Vers dix-neuf ou vingt ans, elle habitait dans un petit appartement du 15e, tout près de la Seine, où une pièce entière était transformée en laboratoire photographique.

Je suis entrée une fois dans cet appartement. Sybil

m'avait appelée pour me dire qu'elle avait « quelque chose à me filer ».

Elle avait acheté un pantalon de velours noir à côtes fines, d'un genre très à la mode alors, et s'était aperçue qu'il était trop étroit pour elle. « Je ne peux pas le porter, me dit-elle avec un sourire provocant, je suis comme ma jument quand elle est sanglée trop serré, je chauffe. » Elle me proposait de lui racheter ce pantalon.

J'étais moins grande qu'elle. Je lui repris le pantalon, qui se révéla pour moi aussi trop serré et que je ne mis qu'une fois. Je ne l'avais pas essayé avant de le prendre. Dans un vêtement qu'elle avait porté, j'espérais peut-être avoir, comme dans les contes, quelque chose d'elle et de sa prestance.

Elle m'avait montré ses photos, et qu'un seul cliché se décline en des dizaines de tirages. J'étais émerveillée par une grande photo d'elle, de profil, un tirage au grain raffiné, comme estompé, pourtant d'une netteté telle que chaque cheveu s'y voyait. Elle me l'avait donnée en disant : « Maman ne l'aime pas. Elle trouve que j'ai l'air triste. »

Triste, le mot est faible. Je regarde souvent cette photo. C'est l'une des deux que j'ai de Sybil. Elle est sous verre, dans mon bureau. Sybil y a les traits coulés dans la mélancolie. Belle comme le jour, et d'une tristesse insondable.

Elle pose. Elle est le photographe et le modèle. Elle met en marche le déclencheur à retardement et elle prend cette expression poignante. C'est là ce qu'elle veut montrer d'elle.

On me demande quelquefois qui cette photo représente. Je réponds : « Une amie. Il y a longtemps. »

Mais le sourire qu'elle avait eu pour me dire «Je suis comme ma jument, je chauffe», ce sourire-là n'était pas triste. C'était un sourire de satisfaction, mi-jubilation de bébé mi-triomphe, l'éclair d'une sensualité impérieuse et d'un pouvoir éprouvé sur les hommes. Il m'est souvent revenu à l'esprit, ce sourire. Une condescendance extrême à mon endroit.

Je dus finir par être fatiguée de souffrir par elle. Je ne l'appelai plus.

C'est aussi que je connaissais «*de mauvaises heures*». Avec la passion amoureuse, j'avais découvert ce que c'est qu'exulter, et ce que c'est qu'être réduite en miettes. J'ai mis longtemps à remarcher.

Je repensais souvent à sa phrase : «Je ne supporte pas qu'un homme m'échappe.» Je ne lui voyais qu'un sens, à l'époque : si j'ai jeté mon dévolu sur un homme qui, lui, veut m'échapper, je le circonviens, je l'allonge, je le dompte, je le réduis. Une phrase de surpuissance.

Aujourd'hui je lui vois un autre sens, où entrent la compulsion, l'abaissement, la dépendance. Ce qu'autrefois on appelait la «fureur utérine».

Monsieur D. mourut très brutalement. Il s'effondra à Noirmoutier, un été, à quelque cinquante ans. L'enterrement eut lieu là-bas, où sa famille était enracinée.

Je dus écrire à Sybil. C'est ce que l'on faisait, ces années-là. On ne s'appelait pas.

Nous avions vingt et un ou vingt-deux ans et nous avions cessé de nous voir – je veux dire que, moi qui m'étais entêtée pendant quatre ou cinq ans en refusant d'accepter l'évidence, je m'étais résignée.

13

« Est-ce que tu sais que ton amie est fiancée ? » me dit ma mère qui me téléphonait pour cela. L'annonce avait paru dans *Le Figaro*.

J'appelai Sybil : « Je te félicite. »

Elle avait la voix éteinte, un ton morne : « Ah ouais. De quoi ?

— J'apprends que tu te maries.

— Ouais. Avec Antoine. Mais c'est quelqu'un d'autre que j'aime, et lui ne veut pas de moi. Il a dit à Antoine qu'il faisait une connerie. »

Sous le porche, à la sortie de la messe de mariage, elle avait l'air absente au milieu des vivats. Puis elle éclata en sanglots. On l'entoura. On trouva cette émotion touchante.

Je ne sais pas si le monde est petit, j'ai plutôt l'impression contraire, mais le fait est qu'on rencontre souvent des personnes de connaissance là où on n'aurait pas pensé les voir. (J'en tire la conclusion que le hasard n'est pas exempt de malignité, si contradictoires que soient ces deux mots.) À ce mariage je tombai sur un ami qui me dit être un cousin germain du marié. Je lui confiai que Sybil avait été mon alter ego pendant des années. Adrien, cet ami, la voyait pour la première fois.

Quelqu'un aimait Sybil au point de l'avoir «prise chez lui», comme il est dit dans l'Évangile. Je ne pouvais pas m'empêcher de penser qu'elle avait exagéré en faisant mine de ne pas comprendre pourquoi je la félicitais. Il faut dire que je bagarrais, cette année-là. J'étais entièrement occupée à essayer de surnager.

Elle m'appela deux ou trois ans plus tard. Il fallait que je l'aide.

Elle vint me voir dans l'appartement où j'habitais seule, à Paris. Elle y venait pour la première fois. Je travaillais dans un journal, comme critique littéraire, et elle avait un manuscrit à proposer aux éditeurs.

J'acceptai de me faire son intermédiaire sans avoir lu le texte, et à vrai dire sans réfléchir. Elle pouvait toujours me demander ce qu'elle voulait. Ou, plus exactement, je ne pouvais toujours rien lui refuser – et ce jour-là je compris qu'elle le savait. Je dus lui dire, quand même, que je n'avais aucun pouvoir dans le petit monde de l'édition et que la porte était étroite.

Elle ne m'avait pas demandé de lire son manuscrit, ni de ne pas le lire. C'était un écrit intime, assez cru et malgré tout peu explicite :

le constat d'une panne au décollage
une gigantesque dégringolade au ralenti puis sans fond

une recherche approfondie de ce que je devrais dire pour cacher ce que je ne pourrais dire

Pas de faits, ou très peu. Des coups de projecteur dans des gouffres :

La Mère M comme merde
Je ne crois toujours pas à la mort de mon père
Quand un nombril du monde en épouse un autre ça fait un sacré bidon
Je n'aime pas les juments
Les rois des impuissants les psychiatres
Reste la fuite dans le travail éperdu le travail pour le travail sans autre ambition que travailler toujours plus
Vite quelqu'un assommez-moi Arrachez-moi de moi

Une prose syncopée, sans ponctuation, homogène, bourrée de jeux de mots à la Gainsbourg :

mes conceptions fil eau zoo fric
Écorchée vide
Je me barre biturique

Ce flot d'effets me laissa à distance. Mais on ne me demandait pas mon avis.

Je remis le manuscrit à trois professionnels de l'édition dont je savais qu'ils mettaient au-dessus de tout la recherche formelle et publiaient des textes – comme on disait ces années-là – sans trop se soucier de les vendre.

L'un d'eux m'appela aussitôt pour me dire : « Qu'est-ce que vous voulez que je fasse de ça ? » Le deuxième eut un mot cruel : « Il ne suffit pas d'avoir des problèmes psychiques pour être Artaud. »

Le troisième m'écrivit une lettre fouillée, sans appel. « *Je ne pense pas qu'il s'agisse d'un texte "difficile", comme vous me l'avez dit. Je dirais au contraire que l'auteur ne me paraît pas assez difficile avec elle-même. Il y a là de la complaisance et des relâchements : cela m'a beaucoup rebuté.* »

Eux et moi avons été arrêtés par la forme de pages un peu poseuses, et assez superficielles, en fin de compte. Moi mal-être mal-être moi. Ni eux ni moi n'avons pris ce texte au sérieux.

Auprès des trois je m'assurai qu'ils allaient envoyer une lettre à l'auteur. Je leur faisais confiance pour être moins directs avec Sybil qu'ils l'avaient été avec moi.

Sybil ne me rappela pas. Et je ne la questionnai pas sur les réponses qu'elle avait reçues.

Je me mariai à mon tour. Elle nous invita à dîner, Luc et moi. Antoine et elle habitaient à l'extérieur de Paris, dans un petit immeuble moderne.

J'ai gardé de cette soirée un souvenir pénible. Sybil dénigrait Antoine à tout-va, devant lui. « On a pas de fric. » « Antoine a pas de boulot. »

Au moment de partir, je dus demander si je pouvais appeler un taxi par téléphone – nous vivions sans voiture, Luc et moi. Sybil dit qu'elle allait nous raccompagner. Elle adorait conduire. Elle avait depuis longtemps sa voiture. Son père lui en avait offert une pour ses dix-huit ans et je savais que, comme sa mère, elle n'imaginait pas pouvoir s'en passer.

La petite Fiat dans laquelle elle nous fit monter avait

beaucoup servi. Peut-être était-ce toujours sa première voiture. Elle conduisait à fond de train, sans ralentir sinon in extremis d'un grand coup de frein. Elle avait mis de la musique, à fond aussi, une chanson « géniale », dit-elle, qu'elle écoutait depuis des mois, en boucle, toutes les fois où elle était au volant.

« *Je t'écris de la main gauche, celle qui n'a jamais compté, c'est celle qui faisait les fautes* » : une femme à la voix puissante clamait sa résolution et sa joie d'assumer enfin ses égarements. « *Je me sens si maladroite, et pourtant je me sens bien. Tiens voilà, c'est ma détresse. Tiens voilà, c'est la vérité* » : Sybil chantait sur la chanson à tue-tête. Elle ne l'aurait pas chantée autrement si elle l'avait écrite. J'avais peur qu'elle ne ferme les yeux. Nous n'existions pas pour elle.

Je découvre aujourd'hui que Danielle Messia, la chanteuse, était morte peu avant, à vingt-huit ans, d'une leucémie.

« *Des mots dans la marge étroite, tout tremblants, qui font des dessins* », bramait Sybil. Il y a quelques phrases dans son manuscrit sur ce que c'est que rouler à tombeau ouvert en braillant :

> *Et puis viens partons dans mon auto* [...] *qui ne me déçoit jamais car je la caresse lorsqu'elle cède dans sa boîte de vitesses engage ses pneus et passe les chaos sans faute Nous puons mon auto et moi et la musique ne sera jamais assez forte pour couvrir nos hurlements Mais nous allons bien dormir.*

Elle souffrait de ne pas avoir d'enfant, dit sa mère à la mienne. Elle se faisait traiter.

Elle ne travaillait plus. C'était moins surprenant en ces années-là qu'aujourd'hui. Je pensais qu'elle avait décidé de se concentrer sur un projet littéraire.

Un roman que j'avais écrit fut publié. J'attendais un enfant. C'était tout ce à quoi elle aspirait. Et puis j'appris qu'elle était enceinte, elle aussi.

Elle eut sa fille peu après que j'ai moi-même eu un fils. Je sus qu'elle en était très heureuse. Nous approchions des trente ans, maintenant, elle et moi.

Je l'ai vue encore une fois. C'était trois ou quatre ans plus tard. Elle était venue chez nous, un après-midi, avec sa fille – pour me la montrer, je suppose, et peut-être pour voir mon fils. Cette petite Lou faisait énormément penser à Sybil enfant, belle et bien plantée, avec d'épais cheveux dorés.

Elle, Sybil, avait perdu tout son éclat. Jamais je n'ai vu comme ce jour-là ce que c'est qu'être éteint. Plus rien ne vibre du côté de l'âme, plus aucune lueur n'allume les yeux.

Tout son être était empâté. C'était stupéfiant. Il ne restait rien de sa beauté.

Nous nous sommes parlé ensuite une fois au téléphone. Assez longtemps après. C'est encore un souvenir rauque.

Ça n'allait pas. Elle ne supportait plus Antoine, cela ne pouvait plus durer. Sa mère l'emmerdait, à vouloir s'occuper de Lou tout le temps. « Elle en est fière, c'est dingue. On dirait que c'est elle qui l'a faite. »

Mais ce n'était pas pour cela qu'elle m'appelait. Elle

avait un mec dans la peau qui faisait semblant de ne pas le savoir. Or cet homme, un grand cavalier, s'entraînait dans une petite ville vouée au cheval où j'allais moi-même souvent. Ce que Sybil attendait de moi n'était pas compliqué. Il fallait que j'aille trouver cet homme dont elle était folle et que je le fasse fléchir. Il ne pouvait pas continuer à la fuir, elle en crevait.

Ce même homme avait inspiré le personnage principal d'un roman à succès paru quelques mois plus tôt, m'apprit Sybil, l'histoire d'un quadragénaire envoûté par une nymphette. Sybil ne pouvait pas lire ce livre, elle me demandait de le faire pour elle et de lui en parler.

Je ne sais plus ce que je lui ai répondu. J'ai dû être évasive, je suppose. J'ai raccroché, très mal à l'aise. J'imaginais Antoine et Lou les soirs où Sybil n'était pas rentrée.

Je n'ai pas démarché le cavalier, ni cherché à le voir, fût-ce de loin. Pas non plus lu le livre.

Et puis, six mois plus tard, un matin vers onze heures Adrien m'a téléphoné et m'a appris qu'elle était morte dans la nuit. J'ai pensé aussitôt à un suicide mais il m'a détrompée. Antoine, en se levant, avait trouvé Sybil inanimée dans son lit. Le médecin parlait de la rupture d'un anévrisme cérébral.

« Ce qui est sûr, m'a dit mon frère Bertrand, qui l'avait vue comme moi étinceler puis s'éteindre, c'est qu'il ne s'agit pas d'une mort naturelle. »

Il dit aussi : « Elle était aussi belle que Carole Bouquet. »

II

LE SECRET

14

Dès ce moment j'ai su que j'écrirais sur elle. Bâtir un tombeau, ou l'écrire, selon les matériaux dont on dispose, le peindre ou le chanter est un geste funèbre aussi vieux que la mort. C'est le plus spontané, le moins ambigu. Le jour où l'on perd un être qu'on aime entre tous, les photos que l'on a de lui prennent une valeur extrême. Et quand on n'en a pas, parce que, par exemple, jamais on n'en a obtenu de ce quelqu'un dont on aurait aimé être aimé, alors on dessine de mémoire son visage. Des jours et des jours, et des nuits, on cherche à retrouver ses traits à coups de crayon. Et si on y arrive, si par une espèce de miracle un dessin lui ressemble, ce dessin devient l'objet le plus précieux que l'on ait.

Je savais que j'écrirais sur Sybil mais je ne voulais pas le faire du vivant de sa mère. À qui a perdu un enfant, a échoué à lui maintenir la tête hors de l'eau, je ne crois pas que ce que les autres en disent puisse paraître juste, encore moins ce qu'ils en écrivent – et je crains que le plus souvent cela ne soit insupportable.

Et puis savait-elle tout de sa fille, madame D. ? Je ne

voulais pas lui faire découvrir des faces de sa vie que Sybil lui aurait cachées.

Le temps passa, beaucoup de temps. Des souvenirs me revenaient de Sybil. Je notais une phrase d'elle, que je réentendais mot pour mot, une expression qui lui appartenait en propre. Je découpai un jour dans un journal une photo d'un mannequin dont les traits ressemblaient aux siens d'une manière frappante – les pommettes hautes, les yeux immenses un peu bridés, sans compter la grande taille, les longs cheveux – et qui avait le même air que Sybil à vingt ans, morne et buté. C'était un célèbre mannequin russe. Sa photo est toujours épinglée au mur, au-dessus de ma table à écrire. Je la reconnaîtrais dans la rue (et qu'est-ce que je lui dirais, alors, qu'est-ce que je ferais d'autre que la laisser passer et la suivre des yeux ?).

Dans la vie de Sybil, quelques années restaient pour moi particulièrement opaques, la période charnière de la fin de l'adolescence et du début de l'âge adulte, entre ses quinze et ses vingt-deux ou vingt-trois ans. Sans doute ces sept ou huit ans me tourmentaient-ils parce que c'étaient ceux où son éloignement m'avait meurtrie. À un moment, j'ai eu besoin de retrouver quelques personnes qui avaient été ses amies les années mêmes où elle ne me parlait plus qu'avec ennui, et qui pourraient me dire, peut-être, qui elle était alors. Pauvre illusion des éconduits qui pensent que des témoignages peuvent combler les manques obsédants dans les histoires qu'ils se font de leurs amours déçues, ces histoires dont ils disent et se disent qu'ils cherchent désespérément à les comprendre alors que c'est autre chose qui les harcèle, leur incapacité à accepter qu'elles aient fini.

J'ai eu du mal à retrouver des amies de jeunesse de Sybil. J'avais quelques noms.

L'une était morte – elle s'était défenestrée le jour de Noël ou de l'An dans l'appartement familial alors que tous les siens l'attendaient pour passer à table. Une autre, que d'ailleurs j'avais connue de mon côté, au cours d'un voyage à Berlin, et avec qui je croyais être en très bons termes, m'a répondu sur Internet qu'elle n'avait rien à me dire de Sybil D., sans me donner la moindre explication.

On m'avait dit d'une troisième, juge et célèbre pour avoir instruit des affaires politiques ayant fait grand bruit, qu'elle avait été proche de Sybil à la fac. À deux reprises, je lui ai écrit. Elle a laissé mes lettres sans réponse. Je ne comprenais pas. C'était encore plus dur qu'une fin de non-recevoir. Puis j'ai appris qu'elle était gravement malade, au point de ne pas lire son courrier.

J'ai fini par me dire qu'il y avait quelque chose de maudit dans ma quête, que mes recherches étaient vouées à l'échec : je ne pourrais pas plus saisir ce que Sybil avait gardé d'impénétrable que je n'avais su maintenir notre amitié vive.

Puis, coup sur coup, deux amies de classe et d'études de Sybil ont bien voulu partager leurs souvenirs avec moi. Nous ne nous connaissions pas. J'ai eu la voix cassée par l'émotion en parlant avec elles, tant l'une que l'autre.

Marielle E. avait fait équipe avec Sybil au lycée, en première et en terminale, révisant avec elle les épreuves scolaires et le bac. Ghislaine M., elle aussi, avait été sa condisciple à Sainte-Majeure. Elle s'était surtout beaucoup rapprochée d'elle ensuite, à la fac, où toutes deux avaient choisi la même spécialité, les mêmes options, les mêmes TD.

« Elle a pris des comprimés, n'est-ce pas ? » m'a dit Marielle E. La phrase était ambiguë, s'il en est – des comprimés, Sybil avait dû en avaler des kilos –, mais ce qu'elle voulait dire était clair. Elle avait appris la mort de Sybil peu de temps après, par l'association des anciennes de Sainte-Majeure. Tout le monde, dans ce réseau, était persuadé que Sybil avait mis fin à ses jours – alors que la plupart l'avaient perdue de vue depuis longtemps.

Au lycée elle était tellement – « inexpressive », dit Marielle E., les yeux dans le passé. « En groupe, elle n'ouvrait pas la bouche. Elle regardait toujours vers le bas. »

Ghislaine M. : « Elle n'était pas liante du tout. C'était compliqué pour elle, on le sentait toutes. »

Elle m'avait apporté la photo de classe prise l'année du bac. Ces filles de dix-sept ans posaient avec assurance mais presque toutes avaient des visages d'enfants et deux ou trois étaient vraiment petites. Je reconnus celle qui m'avait envoyée paître, celle qui était si malade. Ghislaine me montra celle que personne, ni mari ni enfants, n'avait retenue de se tuer : c'était une des plus jolies.

Il fallait chercher Sybil pour la découvrir, au dernier rang. On ne voyait d'elle que la moitié de son visage. Tout le reste de sa personne était masqué. Elle se cachait, à l'évidence. « Regardez ses yeux, dit Ghislaine. Elle voulait qu'on ne la voie pas. »

15

« C'est bien simple, dit Marielle E., elle ne parlait que dans le tête-à-tête. » Sybil et elle avaient été du petit nombre des élèves fascinées par leur professeur de français. Toutes celles qui sont passées par Sainte-Majeure ces années-là ont le souvenir d'une femme d'exception. « Brillantissime. » « J'ai gardé tous ses cours. » « Elle nous faisait étudier le Nouveau Roman. Robbe-Grillet, Sarraute : c'était hardi à l'époque. On connaissait par cœur. Mais elle avait d'autres passions, Baudelaire, Claudel. Ses explications de texte étaient fantastiques. » « Elle nous emmenait à une profondeur intellectuelle inouïe. » « Elle n'était pas professeur de philo mais son enseignement relevait largement de la philo. » « Elle m'a fait découvrir ce qu'il y a de plus puissant et de plus enrichissant dans la littérature. » « J'ai eu énormément de chance de l'avoir comme professeur. » « Elle m'a influencée à vie. Je ne pouvais pas faire d'autres études que des lettres. »

« Elle était écorchée vive. » « Complètement jetée. » « Un peu perverse. » « Folle à lier. »

« Sybil faisait partie comme moi d'un groupe de six ou sept autour d'elle, comme il y en avait dans chaque promotion. On était subjuguées. Il faut dire qu'elle avait un véritable magnétisme. Elle nous tenait sous sa coupe. C'était de l'emprise, évidemment.

» Elle avait une ou deux préférées. Certaines ont eu du mal à s'en remettre. On disait qu'elle avait eu une liaison amoureuse avec une élève. Non, pas Sybil. La directrice et les autres enseignants fermaient les yeux. Elle avait un statut à part. C'était une diva.

» Elle nous enflammait. À vrai dire, elle nous a pas mal perturbées. On était – exaltées. Je n'avais plus qu'elle à la bouche. Mon père voulait parler avec la directrice. J'ai eu du mal à l'en empêcher. Je lui ai dit et répété qu'on était tout un groupe.

— C'était une belle femme ?

— Non, pas belle du tout.

— Vous avez gardé des liens ?

— Pas moi, mais d'autres, oui, je crois. Elle est morte assez jeune. »

« Sainte-Majeure était un établissement particulier. En ce qui concerne la formation intellectuelle, il n'existait rien de comparable à Paris, ni ailleurs en France. On nous encourageait explicitement à entrer dans une prépa littéraire et à présenter Normale Sup. Faire du droit passait : du moment qu'il y avait une agrégation au bout... Mais celles qui visaient Sciences Po, même avec le projet de préparer l'ENA, étaient regardées de travers.

» Ce qui n'allait pas, c'était le formatage intégral. Sous prétexte de nous donner une éducation chrétienne, il s'agissait de nous mettre sur des rails, d'avoir la mainmise sur nous et de régenter nos vies. Peu d'élèves avaient assez de liberté intérieure pour se dégager.

» Le plus déplaisant était qu'on nous interrogeait sur nos familles. On voulait savoir quelle éducation nous avions à la maison, quelles relations avec notre mère, notre père, nos frères et sœurs...

— L'idéologie, derrière, était très droitière ?

— Au contraire. Tout le corps enseignant était chrétien de gauche. Très social. Vous voyez : de gauche en ce sens qu'on insistait sur l'engagement social.

— Très social et très élitiste ?

— Absolument élitiste. Les élèves étaient écrémées à partir de la seconde : toutes devaient avoir le bac avec mention.

» Mais il y avait de bons côtés. En terminale, après un accident, je suis restée trois mois sans pouvoir marcher. Je ne suis pas sortie jusqu'en avril, et le bac était en juin. Eh bien, les élèves se relayaient pour me passer les cours et me laisser les devoirs à faire, des professeurs sont venus me donner un vrai soutien dans les matières où je ramais. J'ai apprécié.

» Mais enfin jamais je n'aurais mis ma fille à Sainte-Majeure. »

Il n'était pas facile d'entrevoir sous les traits de ces femmes que le temps avait blessées, instruites, déliées, et sans doute fait dériver loin de leur tempérament juvénile – plus sensibles et moins vulnérables, plus sûres d'elles et moins péremptoires –, les visages tendres des filles qui plaisaient à Sybil à seize ou dix-huit ans.

Je ne pouvais même pas me féliciter que Sybil ait été épargnée par le vieillissement : elle s'était abîmée si vite à partir de trente ans.

« Elle aimait bien une ou deux autres élèves, pas plus. Elle s'est fait très peu d'amies en trois ans. C'était difficile, pour elle. Mais, elle et moi, on parlait beaucoup. En première et en terminale, on révisait tout ensemble, l'une chez l'autre, à tour de rôle. On est allées préparer le bac à Noirmoutier.

» Elle bossait plus que de raison.

— Anormalement ?

— Oui, comme personne. J'étais une bosseuse, moi aussi, mais pas nuit et jour. Elle s'est jetée dans le travail, ces années-là. Sans limites.

— Elle était bonne élève ?

— Assez, oui. Dans les dix premières. Elle n'était pas tête de classe.

— Vous m'avez dit que vous parliez...

— Beaucoup. Sérieusement. On parlait de nos lectures, et cela nous amenait au grand questionnement caractéristique de cet âge. On s'entraînait au b.a.-ba intellectuel en se croyant très avancées. On pouvait se confier des états d'âme, quand des tensions apparaissaient dans nos familles, mais ça n'allait pas loin : nos situations personnelles étaient normales, ou elles nous paraissaient telles.

» Sybil était quand même très, très secrète. Je me souviens d'un jour, à Noirmoutier. Nous étions au bord de la mer, il faisait gris. Sybil a été submergée par une tristesse terrible.

— Elle vous a dit ce qui se passait en elle ?

— Oui. Je ne me souviens plus exactement en quels termes. Mais elle n'a pas donné d'explications, elle a juste dit que cette eau noire, cette mer lui était insupportable à regarder. Elle était vraiment mal. Je n'ai pas compris ce qui lui arrivait et nous avons fait demi-tour. »

Après le bac, sans l'avoir décidé, Marielle E. a cessé de voir Sybil. Elle était en prépa, accablée par la masse de travail. Elle est allée de temps en temps aux dîners que l'association des anciennes de Sainte-Majeure proposait à sa promotion, mais Sybil n'y était jamais.

16

Je me suis demandé quelquefois si je n'avais pas exagéré sa beauté. Mais ses amies, pour en parler, ont eu les mots de l'émerveillement. « Elle avait un regard extraordinaire, une pureté de traits… Elle était grande, avec un port de tête superbe. » « Elle donnait l'impression d'appartenir à une autre dimension – non terrestre, si l'on peut dire. »

Ghislaine M. et Sybil ont fait leur droit du même pas, rue d'Assas, pendant presque quatre ans. « Un peu moins. À la fin de la dernière année, quelque chose s'est enrayé entre nous. »

« En première et en seconde année, elle sortait pas mal. Elle ne passait pas inaperçue. Elle s'est trouvée pour la première fois dans un milieu largement masculin, comme moi. Elle ne laissait pas les hommes indifférents. Elle s'est intégrée à une bande très active dans un de ces syndicats de droite assez nombreux à Assas, qui tenait une permanence quotidienne dans le grand hall.

— Qu'elle ait eu un engagement de ce genre, voilà qui m'avait complètement échappé.

— Elle n'en avait pas. Elle était attirée dans ce groupe par un garçon, dont je dois dire qu'il était très beau. Je n'en sais pas plus. Elle s'épanchait peu. Et puis je ne la voyais pas tous les jours. Vous savez ce que c'est, la fac, on n'y passait pas nos journées, on n'allait pas aux cours magistraux.

» Elle m'a quand même parlé plusieurs fois d'histoires amoureuses, ou que j'imaginais amoureuses. Elle ne me donnait pas de noms. Ça avait toujours l'air compliqué. Ce n'était pas du tout la fille enamourée qui ne peut pas s'empêcher de laisser apparaître son bonheur, loin de là. Elle était assez confuse sur cette partie-là de sa vie. J'avais l'impression qu'elle ne pouvait pas se livrer. Comme si elle était retenue par quelque chose de… particulier.

— Elle m'a dit un jour : "Je ne supporte pas qu'un homme m'échappe." Il y avait le cheval, aussi, les chevaux, les cavaliers, l'érotisme, tout cela était lié, non ?

— Elle vivait avec une espèce de frénésie, c'est sûr. Le cheval, c'était une passion. Elle était très excessive, ces années-là, très agitée.

» Je ne sais pas si c'était un dérèglement érotique. Je crois qu'elle était bloquée dans son rapport au masculin. Est-ce qu'il s'agissait d'une impossibilité ? d'un refus ? Elle allait vers les hommes mais elle n'établissait jamais de liens. Elle n'arrivait pas à avoir de sentiments pour un homme. Elle ne s'attachait pas. Quelque chose était cassé, ou barré, psychiquement. Peut-être qu'il existe une frigidité du cœur…

» Elle était triste, mutique. Avec une espèce de masque qui décourageait.

» Elle a eu beaucoup de mal à prendre la décision de

se marier. C'est à ce moment-là que notre propre amitié a capoté. Il y avait sa difficulté à s'engager, mais il y avait autre chose. Elle a rompu avec Antoine, renoué, rompu. Avec moi, elle s'est complètement fermée. Elle ne m'a plus donné signe de vie. Je l'appelais, je lui disais "Sybil, ça va ?". Elle répondait "Je peux pas te parler". Elle pleurait. Je l'ai appelée dix fois, vingt fois : "Ça ne va pas ? — Je peux pas te parler." Je posais des questions. Aucune réponse. Elle gardait le silence, c'est difficile à supporter au téléphone. Je sentais bien sa détresse, mais je n'avais pas la maturité qui m'aurait permis de l'amener à parler. Je n'étais pas sûre de moi. Je n'avais pas les mots, moi non plus.

» J'ai fini par abandonner. Ça m'a fait de la peine. Je n'ai plus eu de nouvelles.

— Et dans la vie professionnelle, ensuite ?

— Non plus. On s'est perdues de vue. »

17

Une année, j'ai appris que madame D. avait déménagé. La maison de meulière était habitée pas des nouveaux venus, et cet intérieur que j'avais en tête avait dû disparaître, ce bleu peu commun des rideaux et du canapé, ces fauteuils aux gros accoudoirs, ces lambris de bois clair.

Je continuais à penser que ce que j'écrirais sur Sybil ne devait pas tomber sous les yeux de sa mère. Il fallait que j'attende.

Un jour, pourtant, il m'a paru que je ne devais pas laisser madame D. ignorer mon projet. Mais je ne pouvais pas me contenter de l'informer. Je lui ai envoyé un mot. Je disais simplement que j'envisageais d'écrire sur Sybil et que j'aurais aimé l'écouter me parler d'elle, si ce n'était pas trop lui demander.

J'avais ajouté quelque chose. Madame D. ne savait pas ce que Sybil avait représenté pour moi. Une amitié pendant quelques années entre camarades de classe : que savent les parents de ce genre de lien ? Comment connaîtraient-ils son intensité ? Les enfants eux-mêmes la mesurent mal.

Mon ajout tenait en trois phrases. De dix à quatorze ans j'ai vécu dans la joie que donne l'amour. Avant, mon enfance avait été anxieuse. Après, il m'a fallu longtemps pour trouver un équilibre vivable. Mais entre-temps, pendant cinq ans, Sybil a été mon soleil.

J'avais mis mon adresse et mon numéro de téléphone. Je m'étais préparée à ne pas avoir de réponse. Madame D. m'a appelée tout de suite.

Elle vivait seule, maintenant. Elle habitait dans un appartement moderne, à cinq cents mètres de la maison où elle avait vécu en famille, au siècle précédent. Elle avait quatre-vingt-deux ans et je n'étais plus jeune, moi non plus.

Mais quand elle a ouvert sa porte, ma première pensée a été ma première phrase, « Vous n'avez pas changé ! ». Elle s'appuyait sur une canne. À part ça, elle avait le même grand sourire, le même air de très vive intelligence, la même voix, la même minceur.

Sa première phrase, à elle, a été pour me dire ce que, sans le savoir, je venais chercher auprès d'elle : « Vous n'imaginez pas le bonheur qui a été le mien à l'idée que vous écriviez sur Sybil. Lou aussi. Je lui ai dit au téléphone que vous veniez me voir et sa réaction m'a touchée. Elle a dit aussitôt : “Ce serait tellement bien qu'elle rende maman mémorable.” »

J'ai noté tout notre entretien et, en écrivant mémorable, je me suis demandé ce que ce mot voulait dire, au fond. Dans la marge, au crayon, j'ai recopié la définition du Larousse : est mémorable ce « *qui est digne d'être conservé dans la mémoire*». Un des synonymes du mot est «*important*»; un autre «*unique*».

Lucidité, rigueur, courage terribles : je ne mets pas en doute un mot de ce que m'a confié madame D.

«Il y a des choses que vous ne savez pas parce que Sybil elle-même les ignorait à l'époque où vous étiez amies. Je les ai tues à mes enfants beaucoup trop longtemps. Des choses compliquées dans la vie de mon mari comme dans la mienne, qui ont sûrement pesé lourd sur ces trois enfants, d'autant plus lourd que je les ai cachées.»

Monsieur D. était maniaco-dépressif, gravement. La responsabilité de son entreprise l'accablait. Il a dû faire de nombreux séjours en clinique. Madame D. n'a jamais dit à ses enfants que leur père était malade. Quand il disparaissait, dans les moments de crise aiguë, elle leur donnait le change. Elle racontait qu'il avait trop tiré sur la corde et qu'il était allé se reposer dans le Midi.

«Il était muré dans ses soucis, dit-elle. Il n'ouvrait pas la bouche. C'était moi qui parlais dans notre couple, moi qui décidais. J'ai pris entièrement en charge l'éducation de nos enfants.»

Manuscrit de Sybil, page 79 :

Dans la rue   T'as pas un père à me filer   Je suis à sec

Dans le quartier   Je suis en manque   T'as pas un père

Dans un square   On dirait que tu serais le père et qu'on le saurait pas

Dans un bordel   Faites-vous le coup du père

Dans un journal *Cherchons d'urgence père* *Écrire avec photo*
Dans un saloon *Wanted père*

Sybil avait vingt et un ans quand son père est mort. Il s'est effondré dans la rue, à Noirmoutier. Il traversait une de ces phases maniaques pendant lesquelles madame D. ne vivait plus. Il ne dormait pas, tournant et retournant des nuits entières ses obsessions et ses angoisses. Il est allé acheter du pain et il s'est écroulé.

Après sa mort, madame D. a gardé le silence sur son mal et ses enfants ont semblé s'en accommoder. « Aujourd'hui je me dis que s'ils ne m'ont pas posé de questions, pas plus qu'ils n'avaient discuté mes fables sur les coups de fatigue de leur père, c'est qu'ils savaient la vérité et qu'ils la savaient depuis leur enfance. Mais sur moi aussi, je leur ai menti, et leur réaction quand ils l'ont appris montre au contraire qu'on peut dissimuler à ses enfants des choses essentielles sans éveiller leurs soupçons. »

18

Madame D. avait été adoptée à l'âge de deux ans par un couple sans enfants qui ne le lui avait pas caché. Elle ne se rappelait pas en avoir souffert. Vers sept ou huit ans, à l'école, elle avait repris une camarade qui s'apitoyait sur le sort des enfants adoptés pour lui dire : « C'est très bien, d'être un enfant adopté, je le sais, j'en suis une. »

Elle savait qui étaient ses parents naturels, et pour cause. L'histoire de son adoption ressemblait à des milliers d'autres depuis des siècles, qui avaient elles-mêmes inspiré des contes, des chansons. Son père adoptif était médecin, dans un coin reculé de l'Aveyron, médecin de campagne, très apprécié. À quarante ans il était encore célibataire. Peu après la guerre de 14, il avait soigné une jeune veuve, revenue dans sa famille à la mort de son mari. Il l'avait épousée. « C'était une coquette et une égoïste, dit sans détour madame D. Elle avait vécu à Paris les quelques années qu'avait duré son mariage, elle était devenue très parisienne. »

Il y avait vingt ans de différence entre les époux. Ils auraient aimé l'un et l'autre avoir des enfants et souffraient de n'en avoir pas. L'occasion d'en adopter un se présenta tout près.

Le médecin était fils de paysans pauvres, le seul de sa famille à avoir accédé à une autre condition. Un de ses frères avait un fils unique de neuf ans lorsque sa femme se trouva enceinte. Le couple en fut contrarié et ne le dissimula pas. La « Parisienne » fit savoir qu'elle était prête à adopter l'enfant « si c'était une fille ». On se mit d'accord.

Ce fut une fille. On la laissa chez ses parents aussi longtemps que sa mère la nourrit au sein. À deux ans, une fois sevrée, elle alla vivre à quelques kilomètres chez son oncle et sa tante qu'elle appela d'abord « oncle » et « tante ».

Elle avait dix ans lorsqu'il se passa un drame. Ses parents naturels voulurent la reprendre. « Je m'en souviens très bien, me dit-elle. Mon père, le vrai, était venu chez nous, j'ignorais pourquoi. J'étais dans ma chambre. À un moment, j'ai entendu des éclats de voix. Et je l'ai vu de ma fenêtre sortir de la maison en criant : "Puisque c'est comme ça, gardez-la !" C'était ma mère qui voulait me reprendre et avait envoyé son mari le demander. »

Jusque-là, l'adoption n'avait pas été régularisée. Mais, après cette altercation, les parents adoptifs obtinrent qu'elle le soit. Et ils quittèrent l'Aveyron pour s'installer à Paris.

« À partir de ce moment-là, je n'ai plus vu mon père ni ma mère naturels. Ensuite, devenue adulte, je n'ai jamais cherché à les revoir. »

Mais chaque fois que madame D., à son tour, a eu un enfant, elle l'a écrit à sa mère lointaine, et elle a reçu peu après un petit vêtement tricoté à la main. « Je savais que le lien de filiation réel était là », dit-elle.

Que pouvait-elle écrire, en tête de ce mot dans lequel elle annonçait une naissance ? Madame ? Ma chère mère ? Ou rien, pas d'en-tête : un blanc aveuglant ? Et que faisait-elle du petit lainage ? Le mettait-elle au bébé ? Plus que d'autres habits ? Avait-elle des gestes particuliers quand elle le passait à l'enfant ? Ou, au contraire, le gardait-elle à part, dans un tiroir, intouché ? Le regardait-elle de temps en temps ?

Elle a tendrement aimé son père adoptif. Pour sa mère si jolie, au contraire, elle n'avait aucune affection. « Je n'ai pas une photo d'elle. »

Entrant dans le salon où elle s'était assise à sa table à écrire, et m'avait fait asseoir en face d'elle, j'avais remarqué, au milieu d'un mur, mis en valeur, un tableau que je connaissais pour l'avoir vu cent fois dans la salle à manger de la maison de meulière. Je me rappelais une grande toile, d'un mètre cinquante de haut et un de large, au moins. Elle était deux fois plus petite, en réalité, mais je l'avais reconnue sans hésitation.

C'était une peinture très sombre, dans les verts et les noirs, évoquant la nuit. On y distinguait un homme à cheval, enroulé dans un grand manteau. Peut-être pleuvait-il, ou c'était le vent : le cavalier baissait la tête et ses traits n'étaient pas visibles. On m'avait dit qu'il s'agissait d'un médecin de campagne, appelé dans la nuit, quelqu'un de la famille, un grand-père ou arrière-grand-père, un homme extraordinaire. C'était madame D. qui m'en avait parlé.

Je dus avoir un mouvement en direction de ce tableau. « C'est lui, oui, dit-elle. C'est mon père, avant ma naissance. Il partait, à cheval, quand on l'appelait, à n'importe quelle heure du jour ou de la nuit. Plus tard, il a eu une auto. Mais, même alors, il arrivait qu'un paysan vienne le chercher avec deux chevaux, l'un pour lui, l'autre pour le docteur, car beaucoup de fermes isolées n'étaient pas accessibles par la route. »

De ses années de lycée à Paris, madame D. avait un bon souvenir. Son père n'était plus praticien mais médecin dans l'administration. Elle choisit de devenir assistante sociale. « J'ai été ravie de quitter ma mère. »

Ses trois enfants avaient vingt ans passés quand elle leur a raconté son histoire. Ils ont très mal vécu cette découverte. Elle sortait un jour, en fin d'après-midi, de l'établissement où elle enseignait, à Paris, lorsque Sybil s'était jetée sur elle en hurlant : « Alors, qui sont tes parents ? »

« Pourquoi j'avais caché cette adoption, je ne le savais pas. Il m'a fallu une psychanalyse pour comprendre. Cela peut paraître évident mais ce n'est pas simple à admettre : avant d'être adoptée, j'avais été abandonnée par ma mère. »

J'aurais voulu en savoir plus. Pourquoi n'avait-elle pas revu ses parents naturels ? Et ses enfants, ils n'avaient jamais eu envie de les connaître ? Est-ce que la très modeste condition de sa famille d'origine avait été pour quelque chose dans son choix de passer son adoption sous silence ? (Je revoyais la façon dont elle habillait ses enfants, son désir à travers eux d'ascension sociale.

L'histoire de son adoption était une histoire de pauvres.) Qu'est-ce qui l'avait poussée, pour finir, à dire la vérité ?

Et son frère ? Savait-elle ce qu'avait été sa vie ? Avait-elle pensé quelquefois à le rencontrer ?

Je n'ai pas posé de questions. Le destin de madame D. comme celui de son mari étaient si écrasants, ils avaient dû marquer à tel point leurs enfants que j'avais l'impression, déjà, d'en avoir trop appris. Je ne me voyais pas questionner celle qui s'était tue si obstinément et me faisait d'un coup dépositaire de plus que je ne demandais.

J'ai lu depuis qu'un enfant adopté, pour vivre pacifié, doit accepter d'avoir été abandonné et que cela ne peut se faire que s'il abandonne à son tour ses parents naturels. Ce délaissement en retour par l'enfant de ses géniteurs est difficile et long mais indispensable. Si cette rupture n'est pas faite, ai-je lu, les parents d'origine sont toujours les parents dans le psychisme de l'enfant. Et il ne peut pas adopter ses parents adoptifs.

Mais comment rompre avec un père et une mère si proches parents, quoi qu'on veuille ? Un père qui est le frère de votre père adoptif. Une mère qui est revenue sur sa décision de ne pas vous garder, qui a compris qu'elle s'était trompée, à qui le manque et la souffrance l'ont appris, qui ne supportait plus d'être privée de vous ? Comment pourrait-on accepter d'avoir été abandonné alors qu'on sait que ses parents ont voulu vous reprendre ? Qu'ils sont venus le demander et se sont fait mettre à la porte ?

J'ai lu aussi qu'un enfant adopté – abandonné puis adopté – aura beau être devenu adulte, il se sentira toujours seul. Telle que je l'ai vue ce jour-là, madame D. avait atteint le fond de la solitude. Son mari était mort, Sybil n'avait pas réussi à vivre. Ses autres enfants ne lui parlaient plus. Fond n'est pourtant pas le bon mot. L'octogénaire boitant bas qui me faisait face n'était en rien diminuée, au contraire, en rien accablée, au contraire, en rien éteinte, désarmée ni chancelante. Sa solitude était celle du rocher émergeant des vagues. Elle me parlait de Sybil avec une empathie de mère et, dans le même temps, elle m'en parlait comme un tiers, comme un thérapeute. Elle ne mâchait pas ses mots (untel était un imbécile, tel autre avait tous les ridicules des hobereaux) mais il n'y avait là ni amertume ni méchanceté.

Pourquoi m'en a-t-elle tant dit, sur son mari et surtout sur elle, sur cette adoption tenue secrète, sur cette filiation refoulée ?

Je lui avais demandé de me parler de Sybil. Elle l'a fait, mais après. D'abord, elle m'a parlé d'elle, en détail. Elle aurait pu se contenter de me dire : « Je suis une enfant adoptée et je l'ai tu longtemps à mes propres enfants. » Mais ce n'est pas ce qu'elle a fait. Elle m'a parlé d'elle autant que de Sybil, et peut-être plus. Elle devait penser que sa vie à elle était aussi dramatique, et peut-être plus.

Pourquoi m'a-t-elle confié tant de choses que j'ignorais à son sujet, sinon pour que je les écrive ? Pour que j'écrive *aussi* sur elle, et pas seulement sur Sybil.

19

De Sybil avant ses quinze ans, elle ne m'a pas parlé, ou presque. Et moi, cela m'allait. Il n'y a pas grand-chose à dire du bonheur. Et je l'avais connue de très près, Sybil avant quinze ans.

Sa mère a juste mis du mystère sur le début de notre amitié. Je suis sûre d'avoir vu Sybil pour la première fois le jour de la rentrée, l'année de mes dix ans. Ses lourdes tresses brun doré, ses yeux verts. Or, si j'en crois sa mère, nous étions dans la même classe depuis plusieurs années. Sybil, m'a-t-elle dit, était entrée à Sainte-Minime au début du primaire – moi aussi. Et il n'y avait qu'une classe par niveau dans ce petit collège.

Je n'ai pratiquement rien dit pendant ce long face-à-face. Madame D. parlait d'abondance. Je n'étais pas venue l'interroger mais l'écouter. L'écouter me dire quoi, au fond ? Pourquoi Sybil, un jour, avait cessé d'aimer ma compagnie ? Qu'est-ce qu'elle en savait, madame sa mère ? Et qu'y avait-il à redire à cela ? Peut-être en avait-elle été contente, madame D. Rien n'obligeait Sybil à n'avoir qu'une amie de toute sa vie. Je n'étais pas un astre.

Il me semble aujourd'hui voir une autre raison au fait que je n'ai pas posé de questions. Celui ou celle qui un jour a détourné les yeux, ce n'est pas tant qu'on s'interroge sur lui. On rêve de le retrouver, c'est autre chose. On sait que ce n'est pas possible – d'autant que l'on voudrait se retrouver *alors*, avant qu'il ne s'en soit allé, ou elle.

Il n'y a que les mots pour faire revivre le passé. Les mots de ceux qui l'ont connue, ceux qui sont restés proches d'elle alors qu'on ne la voyait plus. Leurs mots, même s'ils montrent qu'on s'est trompé sur elle, même s'ils sont cruels. Et les mots que l'on trouve pour l'écrire, à grand-peine.

Pour être admis à Sainte-Majeure, m'a confirmé madame D., il fallait réussir un examen d'entrée. Plusieurs décennies après les faits, elle était encore furieuse que sa fille ait dû le passer comme tout le monde. « Sybil avait des bulletins d'excellente élève. » L'examen comprenait cinq ou six épreuves. Sybil a eu de très bons résultats dans toutes les matières.

Des mois qui ont suivi, sa mère m'a dit avec ses mots de mère ce que Sybil m'avait dépeint en s'écartant de moi. Elle avait découvert à Sainte-Majeure un monde qui la fascinait. Les professeurs et les élèves triées sur le volet, l'ambition, l'émulation collective. « Beaucoup de ses camarades de classe appartenaient à des familles prestigieuses, disait madame D. sans ambages. Sybil s'est trouvée introduite dans des milieux qui l'ont éblouie. Je dois dire que les amies qu'elle amenait à la maison me plaisaient beaucoup. Elles ont toutes fait des parcours remarquables. »

Madame D. citait la juge L., et la ministre B., et l'historienne P. qu'on entend si souvent sur France Culture.

Sa phrase s'était faite un peu plus lente. Les dames de Sainte-Majeure avaient été les premières à s'apercevoir que Sybil vacillait.

Les élèves de terminale pouvaient suivre un cours de théâtre qui les prenait beaucoup car elles travaillaient toute l'année, plusieurs soirs par semaine, une pièce qu'elles jouaient à la fin, trois ou quatre fois. Sybil aimait passionnément ces répétitions, passionnément *L'Annonce faite à Marie*, au programme cette année-là, et le rôle de Mara qui était le sien.

« Elle s'est effondrée un jour sur scène, dit madame D. J'ai été convoquée, et invitée à la faire suivre. Ce que je n'ai pas fait. »

Nous étions passées vite sur les quinze ou dix-huit mois au cours desquels j'avais vu Sybil embellir prodigieusement et notre amitié s'étioler comme à proportion. Il fallait que j'entende madame D. sur cette transfiguration. J'ai dû dire quelque chose comme : « Ces années-là, elle est devenue extraordinairement belle. »

« Moi, je n'ai pas vu de transformation », m'a dit madame D. Et s'est aussitôt démentie.

Si elle ne voyait pas l'éclat de Sybil, elle voyait les regards qui se tournaient vers elle. « À un mariage à Paris, un mariage entre médecins, Sybil avait une robe jaune qui lui allait comme un gant, et Chloé une robe verte un peu moins seyante. Le fait est que j'ai entendu des hommes dire à mi-voix : "Tu as vu celle qui est en jaune ?" »

Sybil avait dix-sept ou dix-huit ans et, l'été, pendant les vacances, la photo l'occupait la moitié du temps. Il arrivait souvent que la maison se vide après le dîner – une balade sous les pins, un verre chez des amis dans le village. Sybil préférait rester seule, à fignoler ses tirages. Elle s'était aménagé une espèce de laboratoire dans un vieil atelier, au fond du jardin. Madame D. se rappelait un soir où, revenant vers minuit, son mari et elle avaient vu de la lumière dans l'atelier et y étaient entrés dire bonsoir à leur fille. Sybil n'était pas seule. Il y avait à côté d'elle un quinquagénaire, un cousin de son père, d'une maison voisine – un oncle –, qui la regardait travailler. Monsieur D. l'avait mal pris. « Je l'entends me dire : "Qu'est-ce qu'il faisait avec Sybil, celui-là ?" Il ne faisait rien, dit madame D., mais c'était déjà trop. »

Cet homme qui venait regarder Sybil avait un fils de vingt-cinq ans moins velléitaire que son père, puisqu'il est arrivé un soir impromptu chez les D. avec des fleurs et une bague. « Je lui ai demandé ce que cela voulait dire. Il m'a répondu que c'était une demande en mariage. Je l'ai remis à sa place. Il n'avait même pas pensé utile de se déclarer à Sybil. Depuis des années il considérait qu'elle était pour lui. »

En terminale, Sybil a travaillé plus que de raison. Madame D. ne me l'apprenait pas. Je l'écoutais pourtant sans perdre un mot. Elle évoquait Sybil dans sa vie quotidienne et moi, cette année-là, je l'avais vue deux ou trois fois, peut-être.

Elle revenait de classe, elle avalait un jus d'orange et montait dans sa chambre. On l'entendait fermer ses volets. Le samedi et le dimanche, elle était à son bureau, dans le noir. « Je l'ai laissée faire, dit madame D. Je savais bien que c'était anormal. Elle dînait sans un mot et elle remontait s'enfermer. Je lui avais parlé, elle m'avait répondu : "Ça me fait du bien. Je suis lente. J'ai besoin de temps. Être bousculée me perturbe." »

Elle aurait très mal supporté d'être reçue au bac sans mention. « C'est moi qui lui ai appris sa mention bien, dit sa mère. Elle m'avait demandé d'aller voir les résultats à sa place. Je suis rentrée à la maison euphorique. Elle m'a ouvert, muette d'inquiétude, et je l'ai serrée dans mes bras en lui annonçant son succès. Elle a dit d'une voix étranglée, dans mon cou : "Alors, je peux me marier, maintenant ?" »

Cette phrase ne cadrait pas avec mon souvenir. La Sybil de dix-sept ans que j'avais connue n'en avait que pour le savoir, les livres. J'ai marqué mon étonnement : « Se marier ? Elle était si jeune. C'est une réaction surprenante de la part de quelqu'un qui aimait autant l'étude.

— Elle avait un tel désir de normalité, m'a dit madame D. Si peur déjà de ne pas être comme tout le monde. »

20

Les spécialistes parlent d'épisodes psychotiques. Pour Sybil, le basculement s'est produit quelques mois après son entrée à la fac. Madame D. et son mari étaient sortis un soir, laissant leurs deux filles à la maison. Quand ils sont revenus, ils ont trouvé Chloé affolée. Sybil était allongée par terre, dans sa chambre, inerte, toute raide. Elle ne répondait pas quand on lui parlait. Depuis combien de temps ? Chloé ne savait pas. Elle avait eu un mot à dire à sa sœur, elle était allée la trouver dans sa chambre et l'avait crue morte.

Un des médecins de la famille avait obtenu d'un ami psychiatre qu'il se déplace sur-le-champ. « Et les psychiatres n'ont pas l'habitude d'aller à domicile au milieu de la nuit. » Sybil présentait tous les signes d'une crise de catatonie.

« C'est une manifestation de la schizophrénie », dit madame D. sans pathos. Avant de s'effondrer, Sybil avait dû vivre un épisode délirant, que ses proches ont reconstitué à peu près. Elle avait déjà sa voiture. Ce soir-là, au lieu de dîner, elle était allée à Orly. Elle voulait partir

– c'est devenu chez elle une obsession, ensuite –, mais partir sans son désarroi, partir en laissant derrière elle la part d'elle-même qui lui empoisonnait la vie.

Elle est entrée le lendemain en clinique. « En quittant la maison, elle a retrouvé la parole, un instant. Une phrase : "Quand je reviendrai, est-ce que je serai devenue normale ?"

» Il y a de la schizophrénie dans la famille de mon mari, dit madame D. Un cas au moins à chaque génération. »

Dans le manuscrit de Sybil, deux passages évoquent cette échappée à Orly :

> *Ne pleure pas ma bulle j'ai vu un pur-sang écorché vif dévaler au triple galop les escaliers roulants d'Orly une carotte pourrie à la bouche et comme fou.*
>
> *Partir et sans moi   Mais la géographie qui n'a jamais été mon fort n'y pourra rien.*

Par la suite, Sybil a été hospitalisée tous les ans, pour des traitements intensifs. Elle n'a plus cessé de prendre des médicaments. « Elle devait interrompre ses études plusieurs semaines d'affilée, dit sa mère. Quand arrivaient les examens, je pensais chaque fois qu'elle allait échouer. Mais non, elle a toujours été reçue, brillamment. »

Jamais, avant ce long échange avec madame D., je n'avais su à quel point Sybil était mal. J'ignorais et ses hospitalisations répétées, et ses traitements médicamenteux, et le diagnostic de sa schizophrénie. Jamais madame D. ne s'en est ouverte à ma mère. Et Sybil ne m'en a jamais parlé.

Jamais je n'ai imaginé que c'était pour cela qu'elle raréfiait nos rencontres – parce qu'elle n'était pas en état de me voir plus souvent. Il ne m'est pas venu une fois à l'esprit qu'elle ne me voyait que dans les périodes de rémission.

Je savais que ça n'allait pas. Je me doutais bien, par moments, que ça n'allait pas fort. Mais de mon côté, je boitais bas, ces années-là. Et un certain nombre de gens souffraient autour de moi, sans être pour autant considérés comme malades, pas plus que moi.

Quant à ceux qui l'étaient profondément, malades, ceux qui étaient atteints de troubles psychiques, on faisait tout pour le cacher. C'était une honte à l'époque, dans une famille, de compter une personne soignée pour ce genre de désordre. Nous avons peine à le croire aujourd'hui, on encourait le discrédit, la mise à l'écart. Les frères et sœurs risquaient d'être considérés comme impropres au mariage – « il y a de la folie dans la famille ». Alors on taisait la réalité. On disait « Elle est fatiguée », « C'est un original, celui-là », « Il n'a jamais vraiment trouvé sa place ». Tout était confondu. Les mêmes périphrases pouvaient désigner un homosexuel, un grand dépressif, ou quelqu'un qui avait commis une faute grave et en payait le prix d'un silence sur sa personne – une femme, faut-il le préciser, qui avait eu le tort de se laisser séduire avant d'être mariée, par exemple, ou qui, dûment mariée, avait fait un écart et, pire, n'avait pas su trouver moyen que cela ne se sache pas.

Les amies de Sybil avec qui j'ai parlé, Marielle E., Ghislaine M., n'avaient pas mesuré plus que moi la gravité de son mal. Elles se doutaient bien, comme moi, que Sybil ne tournait pas rond. Elles ont évoqué des blocages, des difficultés à communiquer. Mais une vraie psychose, des hospitalisations, un traitement lourd, permanent, elles n'en soupçonnaient rien. À l'époque, pas plus que moi elles ne faisaient la différence entre une névrose et une psychose, un psychologue et un psychiatre, une humeur taciturne et un incoercible processus d'autodestruction.

Pas une fois madame D. ne m'a laissé entendre que, ces années où Sybil allait si mal, je comptais tant soit peu pour elle.

Et moi, ces années-là, j'ai souffert par elle, en silence, sans me demander une fois si je pouvais l'aider.

« Vous saviez qu'elle n'avait pas de seins ? » dit madame D. tout à coup.

C'est peu dire que je l'ignorais. Rien ne le laissait deviner. Pour moi, Sybil avait un corps parfait. Dieu sait si je l'ai regardée, et si elle était regardée, partout où elle allait.

Ce que me disait là madame D. me touchait d'autant plus que j'avais moi-même été malheureuse, entre quinze et dix-sept ou dix-huit ans, d'avoir tout juste ce qu'il faut de seins. Mais il y a loin entre l'aplasie mammaire, l'absence complète de seins, le torse de garçon, et l'hypoplasie, la poitrine d'adolescente.

« À quatorze ou quinze ans, dit madame D., elle me rembarrait : "Qu'est-ce que tu veux que je fasse d'un soutien-gorge ?" Quand sa sœur en a porté un, elle qui avait deux ans de moins, j'ai acheté à Sybil ce qu'on appelait un ampliforme. Elle l'a pris sans un mot et nous n'en avons plus parlé. »

Manuscrit, pages 39-40 :

De ma vie je n'ai été aussi malade que le jour où j'ai pu savoir qu'On avait acheté un soutien-gorge à ma sœur   Je note que l'on évita de trop m'en parler   Jamais je ne saurai si d'avoir de la poitrine gêne pour dormir avec les bras croisés sur le côté.

« La première fois qu'elle a été hospitalisée, continuait madame D., son père a pensé que c'était cette absence de seins qui la rendait malade. Il lui a dit qu'il ferait tout pour qu'elle ait une poitrine normale, si elle acceptait la chirurgie esthétique. »

Manuscrit, page 40 :

C'était ce fameux jour à la clinique où il était venu me voir en cachette de la mère et avait parlé   m'avait parlé tout ça pour me dire entre autres, qu'il dépenserait tout l'or du monde pour que j'aie la poitrine que je voudrais sentant bien que c'était la cause de tous mes maux   Ce en quoi il n'avait pas tort.

Tellement dur pour la fille qui grandit sans que des seins lui viennent d'être la seule, l'anormale. Quinze ans, seize ans : chez les autres, les corsages gonflent, on ne court plus, on glisse la main dans son col pour remonter une bretelle avec un petit sourire. Dix-sept ans, dix-huit ans : arrêter les mains qui s'approchent de la zone désolée et tourner les talons. Vingt ans : les déplacer, ces mains, les plaquer là où c'est bombé, sur le mont de Vénus, les fesses – sauter l'étape du haut, passer au bas sans préambule. Aller vite. Prétendre préférer garder son pull.

21

Monsieur D. est mort quelques mois plus tard. « Sybil n'a pas été particulièrement secouée, dit sa mère. Je craignais le pire. Mais elle n'a pas craqué. »

Manuscrit, page 16 :

Je ne crois toujours pas à la mort de mon père.

« Elle a réagi à retardement, plusieurs années après. Alors, ç'a été terrible pour elle. »

Manuscrit, page 20 :

Pour la première fois   deux ans et demi plus tard j'ai pu pleurer   J'ai pleuré   Psychodrame retard   Absence de sensation   sensation inoculée au cours d'une séance.

J'ai laissé une gauloise sur la tombe côté cœur.

Page 78 :

Bienfaits de l'absence du père qui permet de le revêtir de toutes les qualités   Lui au moins et de se débarrasser de la mère   Elle par contre.

Page 80 :

Il était absent jusqu'à sa mort qui l'a rendu présent.

Page 81 :

Frustration d'une présence qui ne se révèle et ne se vit que maintenant.

« Elle vous avait donné son livre, n'est-ce pas », dit madame D. (Ce n'était pas une question.) « Vous avez lu comme moi ces pages où elle décrit les états dans lesquels elle était plongée, ces dédoublements, ces angoisses. La somme de souffrances qu'elle a eue à vivre. »

Elle se tut, quelques secondes. Ce n'était pas qu'elle fût émue. Pas une fois elle ne s'est attendrie ou troublée. « Vous voyez, a-t-elle repris, je connais ce texte par cœur. Et chaque fois que j'y pense, je suis impressionnée par le courage inouï que Sybil a montré, alors qu'elle était si diminuée. »

« La maladie et les traitements lui avaient fait perdre son éclat. Et pourtant… Quand elle est sortie, après son premier séjour en clinique, Chloé partait pour la montagne, faire du ski avec des amis. J'ai pensé que cela ferait du bien à Sybil de se joindre à ce groupe. Le psychiatre n'était pas contre. Je ne me rendais pas compte de ce que je faisais peser sur Chloé en lui confiant sa sœur dans cet état. Sybil avait le regard perdu. Elle ne pouvait pas skier : les médicaments l'empêchaient d'avoir des mouvements normaux, elle était toute raide. Eh bien, au retour, Chloé m'a dit : "Tu sais qui attirait tous les garçons ? C'était elle." »

Elle a fini son droit sans redoubler une année, puis a réussi l'examen du barreau. « Elles étaient deux ou trois de la même promotion de Sainte-Majeure à faire leur droit ensemble, Ghislaine M., Flora L. – vous savez, la célèbre juge. Une délurée, celle-là. J'ai appris, bien après, que Sybil avait fait les quatre cents coups avec elle. Flora L. volait dans les magasins. Elle achetait un pantalon et en emportait deux. Je ne sais pas jusqu'où elle a entraîné Sybil. »

À l'époque il n'y avait pas d'école du barreau. Après avoir été reçus au CAPA, les futurs avocats devaient faire une série de stages pour être habilités à exercer. Dès le début de son premier stage, Sybil a eu le plus grand mal à tenir le coup. On s'en est aperçu autour d'elle. Alors elle a joué cartes sur table. Elle a pris rendez-vous avec le patron du cabinet et lui a dit qu'elle souffrait de schizophrénie. Ce grand avocat, distant et très intimidant, s'est montré on ne peut plus compréhensif : il lui a confié que sa femme était elle aussi schizophrène et il l'a gardée.

Le deuxième stage s'est mal passé. Sybil n'a pas été autorisée à le faire jusqu'au bout. Elle préparait très bien les dossiers mais, au moment d'aller plaider au Palais, pourtant à deux pas, elle était paralysée. « C'est un symptôme caractéristique de la schizophrénie que de ne pas réussir à y aller quand il faut y aller. Elle savait qu'il fallait partir, c'était l'heure, et elle ne pouvait pas. Dans ce deuxième cabinet, une des secrétaires se trouvait être une amie de Rémi, une jeune fille extrêmement gentille qui a plusieurs fois pris Sybil par le bras pour faire avec elle les cent mètres jusqu'au Palais. Mais, cette fois, ça n'a pas été accepté par le patron. »

Sybil voulait un logement à elle. Des cousins lui ont loué un petit appartement à Javel. « Je ne savais pas si c'était bon pour elle, dit madame D., ni si elle serait capable de vivre seule. Mais elle y tenait beaucoup. C'est moi qui payais le loyer. »

L'appartement près du quai de Javel était associé pour moi au souvenir de Sybil amazone, ivre du pouvoir qui était le sien, celle qui ne supportait pas qu'un homme lui échappe. J'ai fait une allusion à Philippe de R., à son cousin Hubert W., à ces rencontres que faisait Sybil dans le milieu du cheval. « À partir du moment où elle a vécu seule, je n'ai plus rien su de ses relations », m'a dit madame D. Peut-être, en mère intelligente, s'était-elle astreinte à ne rien en savoir. Ou peut-être se disait-elle et voulait-elle me dire que ces histoires ne me regardaient pas.

Sybil travaillait pour des avocats, irrégulièrement. On lui donnait des dossiers à dégrossir.

Elle a entamé une psychanalyse. « La première année, pas un mot n'est sorti de sa bouche. Au bout d'un an, en quittant son psychanalyste, elle a jeté par terre le mégot de sa cigarette : enfin elle lui abandonnait un peu d'elle-même. À partir de là, elle s'est mise à lui parler. »

Je n'ai pas osé demander de qui madame D. tenait ces

faits, de Sybil ou de l'analyste. J'ai dit, platement, pour que nous restions sur le sujet : « J'espère que sa psychanalyse lui a apporté quelque chose. — Certainement, m'a répondu madame D. L'analyse a aggravé sa souffrance. Elle a tout appris de sa maladie. Elle la voyait se développer. Elle en repérait chaque symptôme. »

Chloé s'est mariée, puis Rémi. J'ai appris de madame D. que Sybil avait vécu un an avec Antoine avant leur mariage. « C'est lui qui voulait l'épouser. Sa famille a tout fait pour l'en dissuader. Moi-même, je n'étais pas pour. Les choses pouvaient mal tourner. Sybil n'était pas amoureuse mais elle a été touchée que quelqu'un tienne à elle à ce point. »

Madame D. n'avait pas de mots assez durs pour parler des beaux-parents de Sybil – à peine moins pour évoquer Antoine. Je revoyais le mariage, dans la massive église Louis XIV où, quelques années plus tard, a eu lieu la messe d'enterrement. Je voyais le moment de la sortie, aussi précis qu'un film. Sybil, au bras d'Antoine, trop atone pour être belle, dans une robe blanche dont le haut était étoffé d'applications de grosses fleurs. Derrière, dans l'ombre, madame D. et les parents d'Antoine. On jetait du riz, on criait « Vive les mariés ! ». Sybil restait figée, sans aucune expression. Et elle éclata en sanglots. Ce n'était pas une petite larme d'émotion, elle pleurait comme un bébé, sans pouvoir s'arrêter, le nez dans l'épaule d'Antoine. « J'étais juste derrière elle, se rappelait madame D. Je ne savais pas du tout comment elle supporterait cette journée de mariage. Je l'ai vue fondre en larmes – et vous savez quelle a été la réaction de sa belle-mère ? C'est typique, elle a dit à la cantonade : "Sybil a reçu un grain de riz dans l'œil."

» C'était une femme très froide, déjà très distante avec ses enfants. Alors, Sybil... Elle ne l'a jamais acceptée. Elle n'a rien fait pour l'intégrer à sa famille. Sybil le lui a bien rendu : elle n'avait pas la moindre envie de s'intégrer et elle l'a montré de toutes les manières.

» Dans cette famille, on faisait comme si sa maladie n'existait pas. On n'en parlait jamais. Sybil n'a sympathisé avec personne dans sa belle-famille. Elle ne voyait qu'Antoine.

» Et lui, il n'a jamais compris de quoi elle souffrait », dit madame D. sans quitter le ton du constat qui était le sien.

« Vous vous souvenez de Raphaële V. ? » me demanda-t-elle. Je dus bredouiller « Bien sûr ». « Raphaële et son mari avaient une très belle maison qu'ils louaient pour des réceptions. Les deux familles se sont réunies là après la messe – nous étions une petite centaine. Sybil a tenu le coup jusqu'à la fin de la journée. Elle voulait tellement être comme les autres, arriver à faire comme les autres. »

22

Elle désirait beaucoup un enfant. Les médecins ne voyaient pas cela d'un bon œil. Enceinte, elle ne pourrait plus prendre de médicaments, elle vivrait une grossesse infernale qui laisserait des traces. Madame D. aussi s'alarmait : « Qu'est-ce que cet enfant deviendrait ? Sybil était furieuse que je n'aille pas dans son sens. Les choses n'ont pas été faciles entre nous. D'autant que l'enfant s'est fait attendre plusieurs années. »

Je dis un mot du dîner auquel Sybil nous avait invités, Luc et moi, après notre mariage. Madame D. s'inquiétait : « Le repas n'était pas trop bâclé ? » Je la rassurai. Le dîner était tout à fait bien. Ce qui m'avait gênée, par contre, c'était la façon dont Sybil avait humilié Antoine devant nous, parlant de lui avec aigreur à la troisième personne : « Antoine gagne pas de fric. »

Madame D. eut l'air étonnée d'apprendre que Sybil pouvait malmener son époux et, pour la première fois depuis que nous parlions, bien contente. D'habitude c'était l'inverse, « Antoine la tenait », dit-elle. « Il la tenait », répéta-t-elle.

« Je n'ai pas été rassurée lorsque Lou est née. Sybil était heureuse d'avoir un enfant mais, moi, je me demandais comment elle s'en occuperait.

» De sa belle-famille, seul son beau-père est venu voir la nouveau-née à la maternité. Sa belle-mère ne s'est pas déplacée.

» Un jour, alors que j'arrivais chez elle, un peu plus tard, je l'ai trouvée avec son bébé au sein, si l'on peut dire, au sein qu'elle n'avait pas. Il ne lui était pas venu une goutte de lait et, en aurait-elle eu, il lui aurait été interdit d'allaiter. Elle prenait des médicaments toxiques pour un nourrisson. Je lui ai demandé d'arrêter. C'était déchirant. J'étais toujours celle qui lui rappelait la réalité de sa maladie.

» Elle a été une mère passionnée, peut-être même une bonne mère. Elle n'avait pas d'horaires, Lou pouvait être mise au lit à une heure du matin, ou ne pas aller à l'école les jours où Sybil n'avait pas l'énergie de l'y emmener. Il arrivait qu'elle mange n'importe quoi. Mais elle vivait tout cela sans problème apparent, comme font les enfants. Sybil a aimé sa fille.

» Il lui était impossible de rester dans un cinéma le temps d'une projection, elle ne supportait ni la claustration ni le noir. Mais quand Lou avait envie de voir un film, Sybil l'accompagnait jusqu'à l'entrée, elle l'embrassait et elle l'attendait à la sortie.

» Le suivi du travail scolaire l'assommait – elle qui avait été si bonne élève. Je faisais faire ses devoirs à Lou. Je me suis beaucoup occupée de cette enfant.

» Sybil avait une peur bleue que je la lui enlève. L'été,

elle venait à Noirmoutier avec Lou. Elle ne voulait pas voyager en train, elle prenait la route – pour le coup, c'est moi qui mourais de peur. Elle conduisait dangereusement. Elle arrivait avec un barda insensé, la voiture était pleine, Lou pouvait à peine tenir dans un petit coin.

» Un jour où elles devaient repartir toutes les deux, le moment venu, les bagages chargés, Sybil n'arrivait pas à passer à l'acte. Toujours le même symptôme : l'heure tournait, elle ajoutait des choses dans la voiture. Je me tenais à côté, debout, avec Lou, les mains sur ses épaules. Sybil nous a vues, toutes les deux, et elle s'est ruée sur moi pour m'arracher sa fille, comme si j'allais la garder.

» Elle avait un comportement difficile à comprendre. Elle n'arrivait pas à faire les achats les plus simples, les courses alimentaires pour le quotidien, par exemple. Et puis, certaines fois, elle claquait des sommes folles dans les magasins. Antoine était furieux. C'était lui qui payait, évidemment.

» Elle s'est brouillée avec ses amies. Elle décourageait l'amitié. Elle a trouvé moyen de se fâcher avec toutes. »

Sybil était-elle fâchée avec moi ? C'est peu dire que je ne l'étais pas avec elle. J'ai retenu ma question : à l'évidence, madame D. ne me comptait pas au nombre des amies de sa fille adulte.

Je ne lui dis rien non plus de ma dernière conversation avec Sybil – la fois où elle m'avait laissé entendre que son couple n'existait plus et demandé d'aller plaider sa cause auprès d'un homme dont elle était folle.

« Antoine ne voyait rien, ne s'occupait de rien. Sybil m'appelait tous les jours, cinq fois, six fois. C'étaient des conversations très dures. Nous nous faisions mal mutuellement. J'incarnais le principe de réalité, j'étais celle qui lui répétait tout ce qu'elle ne pouvait pas faire, ce qu'elle ne devait plus espérer. Ces coups de téléphone se terminaient chaque fois de la même façon, elle disait : "Pourquoi moi, maman ? Pourquoi moi ?"

» Et elle gardait une vraie foi. Elle n'avait plus aucune pratique religieuse mais elle était convaincue, par exemple, qu'il y a un au-delà, et une vie après la mort. Elle supportait mal que son psychanalyste voie là des fariboles. »

Cette foi me renverse. Quand on croit à une vie au-delà de la mort, c'est à une vie belle, au réconfort définitif. Après tant d'années à souffrir, Sybil aurait pu hurler sa haine d'un Dieu indifférent et ne plus espérer en rien ni personne. Son destin portait la marque du mal absolu, le mal dont les hommes ne sont responsables en rien. Ce qu'on peut nommer le malheur. Pour les chrétiens, l'énigme noire. La situation que le classique argument selon lequel le mal résulte de la liberté humaine n'explique pas.

Comment le Tout-Puissant, s'Il est bon, peut-Il vouloir ou laisser être quelqu'un qui naît avec une bombe à retardement dans la tête, programmée pour exploser avant ses vingt ans ?

« — *Seigneur, mon Dieu !* prie Baudelaire dans *Le Spleen de Paris*, *vous, le Créateur, vous, le Maître ; vous qui avez fait la Loi et la Liberté ; vous, le souverain qui laissez faire, vous, le juge qui pardonnez ;* [...] *Seigneur ayez pitié, ayez pitié des fous et des folles ! Ô Créateur ! peut-il exister des monstres aux yeux de Celui-là seul qui sait pourquoi ils existent, comment ils* se sont faits *et comment ils auraient pu ne pas se faire ?* »

« En ce qui me concerne, je me suis débarrassée de toute religiosité, dit madame D. avec une espèce de gaieté coupante. Je respire. »

23

« Les derniers temps, elle ne se nourrissait plus que de bouchées de pain trempées dans du vinaigre. Elle était atteinte de potomanie, elle buvait jusqu'à vingt litres d'eau citronnée par jour. C'est un trouble profond, une espèce d'addiction qui peut être mortelle. On s'empoisonne en avalant des volumes d'eau pareils. Le corps ne peut pas en absorber autant. L'eau s'accumule dans les cellules et provoque des œdèmes, y compris des œdèmes cérébraux. Sybil savait tout cela. Rien n'y faisait. Elle ne se déplaçait plus sans sa bouteille. Elle devait prendre du sel pour compenser l'énorme lavage que toute cette eau imposait à son organisme. Il a fallu aussi adapter son traitement et lui prescrire des médicaments qui ne soient pas totalement expulsés avec le flot.

» Elle était méconnaissable. L'eau l'avait fait gonfler. Elle avait un visage de lionne. Il ne restait rien de sa beauté.

» Il était temps que cela finisse. Elle souffrait horriblement. Sa vie était devenue un enfer.

» Un soir, elle est montée se coucher tôt. Antoine est

allé la voir, avant de se mettre au lit à son tour. Il a cru qu'elle dormait. »

« Les mois qui ont suivi sa mort n'ont pas été évidents. Antoine a laissé Lou livrée à elle-même. Je me suis fait beaucoup de souci pour elle à ce moment-là. Les relations étaient tendues entre son père et moi. Assez vite, je n'ai plus eu le droit de mettre les pieds chez lui. Je retrouvais Lou au café. À la sortie de l'école, je l'attendais dans un café, à côté de chez eux. »

Madame D. me sourit. « Je vis très retirée. Je ne vois personne. Mes enfants ne s'intéressent pas à moi, ni mes petits-enfants, à part Lou. J'aime tendrement cette jeune femme, et elle m'est très attachée. Mais elle vit loin, maintenant. »

Un an après notre entretien, à peu près, madame D. m'a écrit pour me demander où j'en étais de mon livre sur Sybil. « J'espère tellement que vous le mènerez à bien », disait-elle.

Elle s'est éteinte avant que j'aie fini et c'est sans doute mieux.

Composition : Soft Office.
Achevé d'imprimer
sur Roto-Page
par l'Imprimerie Floch
à Mayenne, en décembre 2022.
Dépôt légal : janvier 2023.
Numéro d'imprimeur : 101584.
ISBN 978-2-07-298504-1 / Imprimé en France.

441205